# 興國高校式 Jリーガー育成メソッド

大阪・興國高校サッカー部監督

内野智章

Tomoaki Uchino

# ENJOY FOOTBALL

THANKFUL TO PARENTS

# 〈はじめに〉

12——。僕が興國高校サッカー部の監督になったときの部員の数。3学年でたった12人しかいませんでした。2006年のときです。

12——。2018年現在、興國高校を卒業し、プロになった選手の数です。

興國高校サッカー部の監督になって12年で、当時の部員数とプロになった選手の数が同じになりました。

興國高校サッカー部は、これまで一度も全国大会と名のつくものに出たことがありません。夏に開催される全国高校総体（インターハイ）、冬に開催される全国高校サッカー選手権大会に、一度も出たことがありません。

でも、毎年のようにプロになる選手が出ています。

ちなみに、２０１７年度の卒業生は３名、２０１８年度の卒業生も３名の選手がＪリーガーになります。さらに、大学経由でプロになる選手もいます。

「なぜ、全国大会に出たことのない学校から、毎年のようにプロ選手が誕生するのですか？」

最近、このような質問をよくされます。

そのたびに「その話をしたら、３日ぐらいかかりますよ（笑）」と、答えてきました。それぐらい、たくさんの試行錯誤を重ねてきたからです。

監督就任当初は部員が12人で、高校からサッカーを始めた選手が７人。

学校にサッカー部が使えるグラウンドがないので、部員の母校の中学校にグラウンドを貸してもらい、練習をしていました。照明は無かったので、街灯を頼りに、薄暗い中でボールを追いかけていました。

それが、興國サッカー部の原点です。

そんな状況からスタートして、毎年複数人のプロを輩出するまでにいたった過程を、この本では隠すことなくすべてお伝えします。

おそらく日本のどこかで、昔の僕と同じように、サッカーの指導に情熱を注ぎ、試行錯誤している指導者の方はたくさんいると思います。

同じように、「プロになりたい！」と願う子どもたち、「子どもの夢をサポートしたい！」という熱意を持った親御さんもたくさんいるでしょう。

そのような方々の参考になる話ができればと思っています。

# 目次

## 第２章 興國サッカー部の流儀

## 第3章 プロになるための進路の選び方

## 第4章 日本のサッカーが強くなるためにすべきこと

構成：鈴木智之
カバー写真：南伸一郎（Studio F-ROG）
装幀・本文組版：水木良太
編集：柴田洋史（竹書房）

# 第1章

# プロになるために必要なこと

**２０１８年度　３人**
**２０１７年度　３人**

興國高校を卒業し、Ｊリーガーになった選手の数です。

２０１８年に大学経由でプロになった１名を入れると、全部で７人になります。

## 小学生時代、全国大会に出ていない選手がプロになる

日々接する中学生や保護者の方に、よくこんな質問をされます。

「どうすればプロに行けますか？」

「どんな選手がプロになれますか？」

答えはいくつかありますが、ひとつは「小学生時代に全国大会に出ていないこと」です。

これは極端な言い方ですが、ジュニア年代から大会での勝利にこだわり、育成ではない、勝つためのサッカーをしてこなかった選手が、長い目で見るとプロになっています。

全日本少年サッカー大会で優勝したチームの選手が、何人プロになっていますか？

ロシアW杯の日本代表選手で、小学生時代に全国大会で優勝した経験のある選手が何人い

ますか？　ジュニア時代に有名だったのは原口元気選手（ハノーファー）や宇佐美貴史選手（デュッセルドルフ）ぐらいで、それ以外の選手は高校年代で力をつけて、全国レベルになった選手たちです。

小学生時代からエリートとして勝ち続けるのは、とても難しいことです。テニスやゴルフ、相撲などの個人スポーツであれば、自分の才能と努力が結果に反映されやすいので、ジュニアからエリート街道を進み、プロになる選手はたくさんいます。でもサッカーはチームスポーツで、一人がいくら上手くても負けてしまうことがあります。あのメッシですら、アルゼンチン代表で苦労しているぐらいですから。

僕は小学生、中学生年代でエリートである必要はないと思っています。具体的には、選抜やトレセン、全国大会出場、大会での優勝などは、プロになることを考えたときに、その子の将来にあまり影響がありません。それどころか、場合によってはマイナスの影響を与えることさえあります。

常に自分が一番の環境でプレーしてきたエリート選手は、挫折を知りません。18歳までエリートで来た選手が、急にプロや大人と一緒にプレーするようになったときに、周りとのレベルの差に愕然《がくぜん》とし、自信を喪失してしまうのです。あるいは、成功体験がたくさんあるので、自分を変えられなかったりもします。

2018年度に興國からプロになった3人（起海斗《おきかいと》〈ジュネッスFC〉／レノファ山口、村田透馬《とうま》〈ガンバ大阪堺ジュニアユース〉／FC岐阜、中川裕仁《ひろと》〈セレッソ大阪U－18〉／愛媛FC）は、中川を除いて小学生、中学生時代、トレセンに選ばれていませんでした。常に、自分よりも上手な選手がいる環境にいたので、小さな挫折や負けをたくさん経験してきています。ただ、サッカーが大好きだったので、そのたびにどうすればいいかを自分で考え、地道に努力をしてきた選手たちです。

海外で活躍している選手に、高体連出身の選手が多いのも、そこに理由があると思います。いまの日本代表の中心である20～30代の世代で高体連に進んでいるということは、「中学卒業時にJクラブのユースから声がかからなかった選手」と言うことができます。本田圭佑選手（メルボルン・ビクトリー）や長友佑都選手（ガラタサライ）が良い例です。

彼らは「いつか逆転してやる！」と挫折をバネにのし上がってきました。言い換えれば、15歳の時点で小さな挫折をしているわけです。でも、その後の努力次第でなんとでもできます。いくらでも逆転可能です。

## プロになるために必要なハングリー精神

僕は何も、エリート街道を歩んできた選手を否定しているわけではありません。興國の卒業生に、オーストリアのレッドブル・ザルツブルクに所属する南野拓実選手がいます。（高校時代はサッカー部ではなく、セレッソ大阪U－18に所属）。

彼は年代別の日本代表に選ばれてきたエリートでしたが、人間性が素晴らしく、人格者でした。はたから見ていると、エリート街道を走っているように見えますが、南野自身は少しもそう思っておらず、真面目で謙虚、学校生活も落ち着いていました。興國の先生で、南野のことを悪く言っているのを聞いたことがありません。

体育の授業で顔を合わせると「この前の試合見てくれました？　僕のプレー、どう思います？」と聞いてきて、常にどうすればもっと上手くなれるかを考えている選手でした。

同じく興國ＯＢのボクシングの井岡一翔もそうです。めっちゃええヤツで、毎朝、始業前に学校の周りを走っていました。

高校2年のとき、インターハイで優勝した次の日の朝も走っていたので「優勝おめでとう。今日も走んの？」と聞いたら「あたりまえじゃないですか。インターハイ優勝なんてただの通過点ですよ。僕は世界チャンピオンになるんで」と言って、10㎞の道のりを走りに行きました。

南野も井岡も「満足したらそこで終わり」という気持ちを強く持っています。プロになる、世界で活躍するためには、飽くなきハングリー精神は絶対に必要です。

そして大切なのは、サッカーがめちゃくちゃ好きなこと。２０１７年度に興國からプロになった３人（大垣勇樹〈枚方ＦＣマシア〉／名古屋グランパス、西村恭史《やすふみ》〈長野ＦＣ〉／清水エスパルス、島津頼盛《らいせい》〈セレッソ大阪Ｕ－15〉／ツエーゲン金沢）はみんなサッカー小僧でした。選抜経験もないに等しかったので、３人とも自分がうまいと思っていません。だから天狗になりようがないんです。

西村が高校２年生のときに「お前は行けるから、プロを目指せよ」と言ったんです。そうしたら「いや、僕が高卒でプロになるなんて無理ですよ」と言うので、ＪＧＲＥＥＮ堺のグラウンドの隅でめっちゃ怒りましたからね（笑）。「なんでやねん。お前なら行けるって」と。それでも「いや、大学に行こうと思います」みたいな。結果、高３のときにスーパーな選手になって、清水エスパルスから声がかかりましたけど。

毎年、２年生がスペインに遠征に行くのですが、大垣と西村はスペイン人相手に、互角以上に渡り合っていたんです。それを見たときに、僕としては「プロに行ける」と思ったのですが、本人的にはそれほどやれていたとは思っていなかったようです（笑）。

西村がブレイクしたのは、高３の夏に清水エスパルスの練習に参加してからです。２ヶ月間練習に参加して、「俺、できるやん」と感じたみたいで、帰ってきてからは凄すぎて手が

2017年度プロ入りした3人（上）と2018年度にプロ入りした3人。
全員に共通しているのはとにかくサッカーが好きということ

つけられなかったです。メディアの人も「こんなヤツいるんや」と驚くほどに、高校レベルを超越していましたね。

## 有望な選手はあえてトレセンに行かせない

名古屋グランパスに行った大垣とツエーゲン金沢に行った島津は大阪のU－16のトレセンには選ばれていましたが、西村はそれすらも選ばれていません。しかも中学時代はサブでした。でも、高3の時にU－18日本代表に入りました。

トレセンを否定しているわけではないのですが、選手や保護者によっては、選ばれることで調子に乗ったり、選ばれていない選手を見下したり、自分のことを上手いと思って努力しなくなるので、注意が必要です。

トレセンに選ばれることが良い方向に働くのは、自分のレベルに気がついて「もっと頑張らなあかんな」と思える選手です。たとえば、県のトレセンには選ばれたけど、関西トレセンには選ばれなかった。選ばれた奴らと自分はどこが違うのかと考えて、努力できる選手はトレセンに行く意味があると思います。

ちなみに僕の友人のジュニアユースの指導者は「将来、凄くなりそうな選手は、トレセンには行かせない」と言って、実際にそうしています。

「なんで?」と訊くと「だって、調子に乗るやん。中学生のときは、悔しい思いをするぐらいがちょうどええねん」と言っていました。自分のチームから何人トレセンに選ばれたかを宣伝材料にするのではなく、その選手の将来のことをちゃんと考えている。すばらしい指導者だと思います。

そのチームから興國経由でプロになった選手もいるのですが、中学時代は関西トレセンに選ばれて、Jユース3クラブからオファーが来た選手も、中3の公式戦であえてベンチに座らせていました。「だって、あいつ全然走らへんねんもん。だからベンチ。チームの練習で結果出さへんヤツは、いくら関西トレセンだろうが関係ないやん」と。そう言い切れるのは、本当に凄い指導者だと思います。

「俺ってうまいんや」と思わず、調子に乗らずに育った選手は、壁にぶち当たってもへこたれません。なぜなら、免疫ができているからです。失敗や挫折は成長するために必要な過程だと、僕は思っています。そのような環境を作ってくれる指導者のもとでサッカーを学ぶことができるかどうかは、将来に向けてすごく大事なことです。

僕の友人の街クラブの指導者は「いい選手を育てたい」「いいサッカーがしたい」「そして勝ちたい」という順序でサッカーに向き合っています。そこは僕も同じで、そのために毎年スペインに行って勉強もしています。その結果として、年代別代表やプロになる選手が出るのだと思います。「勝ちたい」が先に来すぎて、選手の育成をおろそかにするのは、僕は好きではありません。

## J2からステップアップするキャリアアッププラン

ありがたいことに、近年は毎年のようにJリーガーが誕生しています。そのひとつの要因に「J2からステップアップしていく」というキャリアプランを、僕も選手も描けるようになったからという面もあります。

たとえば、選手のレベルが高い、J1のビッグクラブに高卒で入っても、よほどの選手でない限りはすぐに試合に出て活躍することはできません。（余談ですが、その点はJクラブのユース出身選手の方が、クラブのサッカースタイルに早くから馴染んでいるので、有利だと思います）。そこで出場機会を得られなかったり、ケガをしてしまい、プレーできずに2、3年後に解雇になってしまう可能性も少なくありません。

しかし、J2であれば高卒選手がスタメンで試合に出場することも十分にありますし、FC岐阜に二種登録した村田透馬は在学中にJ2デビューを果たしています。

このように、18歳の時からプロの試合に出ることによって、2、3年後の20歳、21歳の頃にＪ１のクラブから声がかかるかもしれません。実際、そのようにステップアップしていく選手も出てきましたし、ヨーロッパでは主流の考え方です。

かつては僕も、プロになったからといって、いつまで続けられるかはわからないので、高卒の選手は待遇の良いＪ１のクラブに入って、お金をもらえるうちにもらっておいた方が良いのではないかと思っていました。しかし、最初はC契約の『年俸460万円未満』からスタートする規定がＪリーグにはあるので、ビッグクラブに行って試合に出られず、2年で解雇になったらほとんど手元にお金が残りません。

Ｊ１で450分、Ｊ２で900分以上試合に出場すると、変動報酬が自由に設定できるB契約（基本報酬はC契約と同じ460万円未満）、もしくはA契約（初年度の報酬上限は670万円）へと移行することができますが、高卒新人ですぐにA契約に移行できる選手は、それほど多くありません。

それよりもＪ２のクラブに行って、900分出場する方がハードルは低いように感じています。それに、いきなりＪ１のビッグクラブに行くよりも、Ｊ２の環境に恵まれてるとは言いきれないクラブに入って、ハングリー精神を持ってステップアップしていく方が、18歳、19歳の選手には合っているとも思います。

２０１７年度に興國から3人の選手がプロになりました。彼らと一緒に、Ｊクラブの施設を訪れたのですが、名古屋グランパスはクラブハウスの中に病院があり、大宮アルディージャも清水エスパルスも設備は充実しています。

それを見たときに「Ｊ１のビッグクラブで試合に出られず、Ｊ２の環境に恵まれていないクラブに移籍したら、劣等感を覚えてしまうのではないか」と思ったんです。のし上がるためにハングリー精神は必要ですが、劣等感は必要ありません。最初はＪ２の環境から始めて、結果を出すに連れて上の世界を見出して、「絶対にＪ１でプレーしてやる！」という目標の持ち方の方が、10代の選手たちには合っているんじゃないか。そう思っています。Ｊ２のスカウトの方も実際にそう言っていますし。

その経験があってから、相手側からお話をいただく分にはＪ１、Ｊ２などこだわりはなく、ありがたく聞きますが、僕の方からスカウトやクラブ関係者に話をして「うちの〇〇、見に来てもらえませんか？」というのは、基本的にＪ２のクラブにしています。

高校からＪ１のビッグクラブに行くのは、環境があまりにも違いますし、Ｊ２の方が若手は試合に出やすいのも事実です。高校時代と比べて、劇的に環境が変わらないという意味でも、Ｊ２のクラブのほうが、プロの第一歩を踏み出すためには良いのかなと思います。

ただ、誤解してほしくないのは、Ｊ１のクラブからオファーが来ても断るというわけではありません。そこを間違えて受け止められると困ります。当然、ありがたく話は聞かせてもらいます。ただ、僕の方から働きかけるのは、いまのところＪ２のクラブにしているという意味です。18~20歳の年代は、プレーすることが一番大事ですから。

Ｊ２のクラブで2、3年プレーして活躍し、Ｊ１のクラブに引き抜かれたとすると、契約年数が残っている場合は移籍金が発生します。金銭的に裕福ではないクラブにとって、移籍金で得る収入は馬鹿にできません。「興國の選手を獲得して、2、3年プレーさせて、Ｊ１に移籍させればお金が得られる」と思ってもらえれば、より目を向けてもらえると思うんです。

２０１８年の夏に、Ｊ２のＦＣ岐阜からヴィッセル神戸に移籍した古橋亨梧《ふるはしきょうご》（アスペガス生駒フットボールクラブ）は、興國から中央大学に進み、プロになった選手です。このようなステップアップの形式は選手にとっても良いですし、クラブ間にとってもメリットがあることだと思います。そして、移籍金の一部が育成した大学、高校、中学のジュニアユース、ジュニアの少年団まで分配されるようになれば、「良い選手を育成しよう」という考え方に、自然となっていくと思うんです。

## サッカーだけではなく、スポーツ万能タイプがプロに行く

興國からプロになった選手に共通するのが、色々なスポーツができることです。スポーツ万能というのでしょうか。

たとえばボールの落下地点に素早く入ることができて、ジャンプヘッドが上手い。一般的に、落ちてくるボールを下から突き上げるヘディングをする選手が多いのですが、ヘディングは本来、ジャンプの最高到達点で頭に当てるものです。それと、浮き球の処理やダイレクトボレーが上手なこと。これも「空中のボールを捉える」という要素なので、小さい頃から足元の技術だけでなく、浮き球に対する練習などもしていたと思います。もっとも、練習というよりも、遊びの中で自然と身につけたものだと思いますが。

サッカーは運動なので、まずは自分の身体を思い通りに操ることが大切です。小さい頃からドリブルの練習ばかりすると、足元の技術は身につきますが、サッカーに必要な走って、蹴って、ジャンプして、ぶつかって、バランスを崩したら立て直してという身体操作は身につきません。スポーツテストで良い点数を取れるような、様々な種目に対応できる能力を持った選手はサッカーも上手く、身体能力も高いのでプロに声をかけられる素材と言えます。

昨今は学校体育がケガを恐れて、複雑な動きをしないようになり、側転やでんぐり返しができない子も増えています。サッカー選手というプロのアスリートになるためには、トータルの運動能力を向上させることが大切で、それはサッカーボールだけを使った練習を小さな頃からしていても、身につかないものだと思います。いわゆる「サッカースキル」は上達しても、サッカーはうまくなりません。興國ではその部分をカバーするために「ボールコーディネーション」のトレーニングをして、毎週水曜日には体操の先生に来てもらい、身体操作性を高めるトレーニングを行っています。

## 興國オリジナルの「ボールコーディネーション」

テクニックに溢れ、スピーディな興國スタイルを実現するために欠かすことのできないのが「ボールコーディネーション」のトレーニングです。

これは僕が考えたオリジナルのトレーニングで、ドリブルやリフティング、パスなどボールコントロールの練習をリズムでつなぎ、前後左右の動きをつけた、コーディネーションの要素を含んだ技術練習のことを言います。

ボールコーディネーションはラダーを使わない、ラダートレーニングだと思っています。脳と身体の動作をスムーズにつなぐために、素早いボールタッチや身体の動かし方を通じて、動きの回路を作り上げていきます。ボールタッチがスムーズにできるようになったところで、次はスピードを上げてその動作をすることで、素早くしなやかな動きの中でプレーできるよ

「身体の動きをスムーズにする」ための興國オリジナルトレーニング「ボールコーディネーション」

うになっていきます。

トレーニングで使用するのは、3号球の大きさで、5号球と同じ重さのボール。あるいは表面がゴムでできている、柔らかくて小さいリフティングボールです。

なぜ通常のサッカーボールではない、小さくて重さの異なるボールを使うのかというと、脳に刺激を与えるためです。以前、大学時代に出会った、徳島大学の荒木秀夫先生と話をしている時に、ボールの大きさや重さを頻繁に変えて、脳に異なる種類の刺激を与えることで、技術習得のスピードを上げる効果があることを教えてもらいました。ブラジル人はよくテニスボールなど小さなボールを使ってリフティングをしていますよね。荒木先生からその話を聞いたときに「そうか。だからブラジル人はテクニックが凄いんや」とひらめいて、そこから様々な種類のボールを使って、テクニックとコーディネーションを融合させた練習を開発しました。

ボールコーディネーショントレーニングは、ライフキネティックの要素を入れることで神経系の発達を促進し、身体の動きをスムーズにしていきます。「身体の動きをスムーズにする」というのが、ボールコーディネーションの目的のひとつです。決して、器用に足技を繰り出すために練習をしているのではなく、どんな状態でもボールを自在にコントロールし、プレーのスピードを落とさないためのトレーニングなのです。

ドリブルでは大きさや重さ、表面の柔らかさが違うボールを使い、足の様々な部位を使用して、リズミカルなボールタッチで進んでいきます。リフティングも両足を使い、足の様々な部位でボールを動かしていきます。

一見、オーソドックスな技術練習に思われがちですが、ポイントになるのがドリブルやリフティングに「前後の動き」や「斜めの動き」を入れること。ドリブルは前進だけでなく、後ろに下がる動きも行います。リフティングも、その場でボールをつくのではなく、前後左右に移動をしながら行います。それは、動きをサッカーの実戦に近づけるためです。

後ろに下がる動きをするときに使う筋肉は、前へ進むときに使う筋肉とは違います。そのため、それぞれのパターンで、神経系に働きかけるトレーニングを行う必要があります。そして左右両足を使い、前進と後進を同じように、スムーズにできる状態を目指しています。

## ジダンやイニエスタの動きを研究

リズミカルに、スムーズな動きでボールを扱うことができて、はじめて興國が目指すサッカーができるようになります。ジダンもイニエスタもそうですが、どんなに速いボールやズレたボールが来ても、うまくコントロールして、意図したところにスムーズな動きでボールを置くことができますよね。あの動きが、ボールコーディネーションなんです。彼らは動きに無駄がなく、流れるようにプレーしています。FCバルセロナのホームスタジアム、カンプ・ノウは試合前にピッチに水を撒くので、パススピードがものすごく速いです。でもそこで、シャビやイニエスタはプレースピードを落とさず、正確にボールをコントロールします。実際にカンプ・ノウで彼らのプレーを見て、どうやったらできるんやろうと考えて、彼らの動作を研究した結果、ボールコーディネーションにたどり着きました。

動きのしなやかさ、スムーズさはサッカーをする上でものすごく重要な要素です。興國では「パスを出した一歩目が、走りの一歩目になる」という考え方で練習をしています。それができれば、パスを出した動きのまま、味方のサポートに行くことができますよね。単なるボール扱いの練習だけでなく、動作とボールコントロールが平行して行われているところがポイントで、それが、日本人が世界で生き延びるために必要な要素のひとつだと思っています。

常に動いていれば、相手にぶつかられる可能性も減ります。それをシャビやイニエスタは、自然にやっています。でも、多くの日本人はできません。だから練習するしかない。日本人のストロングポイントは、地味な練習を反復できるところだと思います。努力と反復練習でイニエスタに近づこうと、興國の選手は1年生のときから、ボールコーディネーショントレーニングをしています。始めて10年ほどになりますが、選手たちのボールコントロール技術、コーディネーションは格段にレベルが上がったと思います。

## 様々なポジションでプレーさせる意味

プロになれそうだと思う選手には、様々なポジションでプレーできるように仕向けていきます。名古屋グランパスに行った大垣は、1年生のときは1－4－3－3の左ウイング、2年生のときは右ウイング、3年生のときは3トップの真ん中と、前線の3つのポジションでプレーさせました。

というのも、日本サッカーで多いシステムが1－4－4－2なので、彼のプレースタイルでハマるのはFWか両サイドハーフです。ウイングを経験させることでサイドハーフ的なプレーを求め、左右両方の位置から、中央にカットインしてシュートに持ち込むことを求めました。ワントップで起用した時は、2トップの片方か、1－4－2－3－1のトップ下として、ゼロトップのような動きを要求することで、2トップにも適応できるプレースタイルを作り上げようとしました。

プロになって長くプレーするために、複数のポジションでプレーできた方が良いのは事実です。大垣は3トップの全部、１－４－４－２の両サイドハーフと2トップ、１－４－２－３－１のトップ下でプレーすることができるので、試合に出るチャンスはつかめるのではないかと期待しています。

清水エスパルスに行った西村は１８４㎝と長身なので、ワントップ、ボランチ、センターバックと中央のポジションはすべて経験させました。

「この選手がプロになるかも」というのは、言葉ではうまく説明できないのですが、見ていると感覚的に「こいつおもろいな」というプレーをするときがあるんです。動作がしなやかとか、ボールの持ち方が独特とか。興味深く観察して、色々なポジションで起用しながら、あれこれアドバイスしていく中で、吸収するスピードや言ったことに対する表現力などを見て、「プロになれるかも」と判断しています。

できるだけ複数のポジションでプレーさせて、状況やピッチ内の位置に応じて必要な技術を身につけた方がいいと思っています。年々、サッカーがコンパクトかつスピーディになっているので、試合の中で、ウイングの選手がインサイドハーフの位置でプレーしたり、サイドバックがボランチの位置でプレーすることもありますよね。ＦＷが中盤に降りてきて、トップ下の仕事をすることもあります。スペシャリティを持った上で、ゼネラリストにもならなければいけないので、様々なポジションでプレーさせて、総合的に能力を高めていくことを心がけています。

## 世界で活躍するために必要な「スピード」

ロシアW杯を見ると、中盤の選手はシャビ、イニエスタ、クロースというタイプから、アザール、デ・ブライネ、モドリッチのように、技術があって身体能力が高く、何度もスプリントできる選手へと、トレンドが移り変わっているように感じています。攻撃も守備もできて、足も速いという、スーパーマンでないと世界のトップレベルでは活躍できなくなってきています。とくに、選手のアスリート化が顕著な現代サッカーでは、足が遅い選手には厳しい時代になっています。

スピードの重要性に目を向けるようになったのは、リオ五輪日本代表とブラジル五輪代表が試合をしたのを見たときです。そのチームには興國高校に通っている南野拓実と、中学生まで大阪で過ごした室屋成（FC東京）がいました。室屋は中学時代からスピードスターとして有名で、中学時代は1－4－4－2のサイドアタッカーをしていて、足が速くて技術のしっかりした選手でした。

日本の中では足が速い室屋が、ブラジルのボランチにスピードで離される場面が何度かあったんです。それを見たときに、ブラジルの選手は相当、足が速いぞと。ボランチだろうがセンターバックだろうがポジションに関係なく、基本的に足が速い。それを見たときに「これからのサッカーは、すべてのポジションにスピードが必要になる」と確信しました。

ロシアW杯の日本対ベルギーの最後のゴールを覚えていますか？　後半アディショナルタイムに、コーナーキックからベルギーの選手がトップスピードで駆け上がって行きましたよね。あれが世界レベルのスピードなんです。残念ながら、日本の選手はデ・ブライネのドリブルに追いつけませんでした。もちろん、走力以外にも認知や判断の正確性、スピードも高める必要がありますが、まずは走るスピードがないと一気に離されてしまいます。

ロシアW杯を見ると、FIFAランキング上位の国以外は、基本的に自陣にブロックを作って守り、相手を引き込んでからカウンターでゴールを決める場面が目に付きました。引いて守るということは、相手ゴールまで距離ができてしまいます。そのために、攻撃に転じた際にロングスプリントができる走力が必要になるわけです。かつては「30ｍのスピードが大事」と言われていましたが、現代サッカーはその距離が伸びて、50、60ｍをトップスピードで走ることのできる選手が必要とされています。

## 50メートル5秒9のレフティをボランチで起用

一般的に、ジュニア年代で足が速い選手には、ボールを蹴って走らせることをしがちです。興國からヴィッセル神戸に行った田代容輔《ようすけ》（IRIS生野U－15）がまさにそのタイプで、お父さんに訊くと、「子どもの頃から足が速かったので、いつも味方が蹴ったロングボールを追いかけて走っていた」そうです。試合ではやたらと自分の前のスペースを指して、「前に蹴れ」と指示をしていました。「お前さぁ、そうやって指差して、相手の背後に走ったら、馬鹿でもオフサイドを取れるやん」という話をしたことがありました（笑）。

せっかく、独特のリズムでドリブルができる選手なのに、スピードに頼ったプレーばかりをしていたのです。中学時代の指導者も、それを改善するのにはすごく苦労したようです。

プロになるため、プロで活躍するためには、スピードに加えて技術が必要だと思ったので、1、2年生の頃はボランチで起用しました。50メートルを5秒9で走るレフティを、あえてボランチで使ったのです（笑）。

中盤のセンターでプレーすると、周囲の近い場所に相手や味方がいるので、スペースが狭く、スピードを使ってぶっちぎることができません。いわゆる「レールの上を走るようなプレー」ができない環境に置きました。

最初のうちはミスばかりで、先輩の足を引っ張るので「僕をBチームに落としてください」と言いに来たこともありましたが、それでも「プロになるためには必要なことやから」と言って、我慢強く起用し続けました。おそらく他の高校であれば、前線やサイドに置いて、スピードを活かしたプレーだけをさせていたと思います。でも、それだけだとプロにはなれても、プロで通用する選手にはならないと思ったので、技術や判断を磨くためにボランチで起用し続けました。結果、ヴィッセル神戸からオファーが来たので、その選択は間違っていなかったと思います。

やはり「足が速くて、めっちゃ技術あるやん」という驚きがないと、プロから声はかからないんです。というのも、足が速い選手も、技術のある選手も、Jクラブのユースには一人か二人は必ずいます。自分のクラブのアカデミーにいるので、わざわざ他のチームから獲得する必要がないですよね。Jクラブのスカウトは、自分のクラブのアカデミーにはいないタイプの選手を探しているので、そういう選手に仕立て上げないと、プロから声がかからないんです。差別化を図らないと生き残れないのは、どの業界も同じです。チェーン店のメニューではなく、こだわりの店として、興國印の選手を育成する。その成果が直近の2年でプロ6人誕生という評価に繋がったのだと思っています。

FC岐阜に2種登録され、2018年8月11日の
京都サンガ戦でJリーグデビューを果たした村田透馬

## 手の骨折が転機になった村田透馬

２０１８年の在学中にＦＣ岐阜と契約し、Ｊリーグデビューを果たした村田透馬は、ガンバ大阪堺というクラブチームの出身です。中学時代は体が細くて、足が速い選手でした。細いのに速いということは、筋肉の質が良いと言えます。筋肉量が多いわけではないのにパワーも凄いので、興國に来て技術をつけて、ボールの落下地点に対する認知力を上げたら、絶対にスーパーな選手になると、中学３年の２月に見たときに思いました。

とはいえ、入学してからはだいぶ苦労しました。というか、うちの高校からプロに行く選手で、３年間順風満帆だった選手はひとりもいません。挫折したり、落ち込んだり、いろいろあります。

村田は２年生の時、サブ組の試合に出るのも厳しいほど、自信をなくしていた時期もありました。

いまとなっては笑い話なのですが、高２の秋に手を骨折したんですね。高校選手権の予選を一ヶ月後に控えた時期です。手に力を入れられないので、常に脱力した状態でプレーしなければいけない。そうなると、いままで雑だったトラップが、全部ピタッと収まるようになったんです。

当時の3年生で、いまは清水エスパルスでプレーしている西村たちが「透馬、めっちゃうまくなってない？　全然ミスせえへんやん」ってざわつき始めて、そこから一気に凄い選手になりました。もともと足は速いし、頑張ってドリブルの練習もしていたので、ボールを取られなくなったんです。骨折する前はサブでも使うのはしんどかったのに、骨折したらAチームの選手が驚くほどうまくなっていたという（笑）。

本人にも「骨折して、力まれへんからちゃうん？」という話をして、トラップミスをしたら「脱力しろ」というアドバイスをしました。村田が大化けしたのを見て、中学の後輩でRIP　ACE出身の樺山諒乃介《りょうのすけ》（U－16日本代表）が名だたるJクラブ、高体連の名門校からの誘いを断って、興國を選んで来てくれました。

## セレッソ大阪から転入した中川裕仁

2018年に愛媛FCへの加入が決まった中川裕仁はセレッソ大阪和歌山U－15から、セレッソ大阪U－18に進んだ選手です。

左利きでスピードがあって、足の振りが速い、特別な才能を持った選手でした。シュートの場面などで「足の振りが速すぎて見えへん」とみんなで言っていたぐらいです。

圧倒的なスピードと左足のシュートを武器に
来季愛媛FCへの加入が決まった中川裕仁

高校入学時はセレッソ大阪U－18でプレーしていたのですが、中学時代はスピードと身体能力だけでプレーしていたので、ボールコントロールを始めとする技術が未熟だったんですね。だから、セレッソ大阪U－18ではなかなか試合に出られず、Bチームでも途中出場という時期が続いていました。

高校は興國に通っているので、顔をあわせるたびに「調子どうや？」と聞いていたのですが、あるとき「セレッソを辞めて興國のサッカー部に入りたい」と深刻な顔で言うので、これは一大事だと思い、セレッソの育成部長に電話して「中川が辞めたいと言うてますよ」と。そうしたら「わかった。ありがとう。すぐこっちでも話しをするわ」と言ってくれました。

僕も「辛抱してセレッソでやれ」と言って、一度は「頑張ります」となったんですけど、高2の5月頃に家庭の事情も重なって、和歌山に戻ると言い出して、セレッソの育成部長も「本人と話をしたけど、今回は無理っぽい」と。育成部長は僕の大学の先輩で、それまでにいろいろと話はしていたので「プロに行ける素材なんだから、和歌山に返してはダメだ。お前のところでなんとか引き止めろ」と言われて「わかりました」ということで、理事長にも説得してもらって、6月末に興國のサッカー部に入りました。

うちに来た当初は、かなり苦労していました。周りはみんなテクニックがあるけど自分は下手。興國の戦術的な指導も受けたことがないので、試合でどこにポジションをとっていいかがわからない。最初の頃はだいぶテンパっていました。もちろん、中川の得点力で勝った試合もありましたけど、試合の流れから消えて、一人少ない状態で戦っている試合もありました。

戦術的な動きについていけず、だいぶ悩んでいたようですが、高2の秋にスペイン遠征に行って、ビジャレアルなどの強豪相手に点を取ってから、自信を取り戻し始めました。

しかし、1月にケガをして3ヶ月離脱。復帰したのが高3の4月で、一番下のチームからスタートし、インターハイの予選が終わった6月に半年ぶりにAチームに戻ってきて、7月に愛媛FCの練習に参加して契約を勝ち取るという、ジェットコースターのような1年でした（笑）。

愛媛FCの監督さんは、「中川のスピードと左足のキックは教えられるものではない」と評価してくれたそうで、将来性を見越して獲得してくれたんだと思います。

やはり、圧倒的なスピードはすべてを超越するものがあります。スピードで抜け出して、強烈な左足のシュートがある。この2つの武器があったので、彼はプロになることができました。

中川は興國のボールコーディネーションなど、技術的なトレーニングを始めたのは高2の夏からなので、他の選手と比べてだいぶ遅いんですね。スタートが遅い分、技術的に未熟な面もまだまだあります。

だから「他の選手に遅れを取っている分、他の3年生と同じテンションでドリブルの練習をしとったらあかんで」といつも言っています。それと同時に「お前はとにかくファーストタッチ。ボールをピタッと止めて、ドリブルで仕掛けられたら世界が変わるぞ」とも言っているので、これからが楽しみです。

中川も村田も起もそうですけど、うちからプロに行く選手は、高校時代に何かしら苦労をしています。過去を振り返ってみても、順調に高校3年間を送ってプロになった選手はゼロです。プロに行けそうな選手には、かなり高い要求をするので、その中でもがき続けます。たとえば「お前は、プロに行きたいと言ってたけど、そんなトラップしててプロになれるん?」と言いますし、何回も同じミスをしている選手には「こないだも言ったよな? 成長してへんやん。努力してんのか?」とキツく言います。本人なりには努力しているんですけど、「プロになって活躍したかったら、もっとやらあなかんで」と強く要求します。

先日も1年生で180cm以上あって、身体能力の高いセンターバックの選手に対して、ボールコントロール、パスの選択について、練習中にめちゃめちゃ詰めました。近くで見ている人が引くぐらい、強い口調で言いまくりました。でも、それぐらい言わないとわからないんです。なぜなら、クラブチームだったらジュニアから18歳、19歳まで長い年月をかけて指導できますが、興國は高校の部活なので、実質2年間しかありません。高3になると、大学やプロに行くために大会で結果を出すフェーズに入っていきますから。

そう考えると、選手が自分で気がつくのを待っている時間がないんです。もちろん、大きな意味ではボトムアップ的な指導も大切です。だけど、サッカーの技術、戦術に関しては、時間がないのでプロセスや建前は度外視して、僕が言い続けることによって1日でも早く身につけさせなければいけません。だから、1年生のときから、めちゃめちゃ言います。中学生なら、自主性に任せて気がつかせる指導でもいいのですが、高校生になるととにかく時間がないんです。

## 日本人のストロングポイントは敏捷性

スペインに行って外国人と試合をすると、日本の選手のストロングポイントはどこなのかを再確認することができます。

僕が思う、日本人選手の一番のストロングポイントは「敏捷性」です。狭い局面で素早く動くことや細かなボールタッチなどは、日本人特有の武器だと思います。ヨーロッパの選手は腰が高いので、下半身を素早く動かしたり、切り返すなどの細かい動きに対応することができません。だからメッシを止められないんです。南米の選手は小柄でヨーロッパの選手より敏捷性があるので、南米選手権でメッシが活躍しきれないのは、そこにも理由があると思っています。メッシにすると、ヨーロッパの選手を相手にしたほうがプレーしやすいのだと思います。

ロシアW杯を見ても、香川真司選手（ボルシア・ドルトムント）、乾貴士選手（ベティス）、原口元気選手といった、敏捷性のあるアタッカーには、相手チームも手を焼いていました。そこは日本のストロングポイントだと思います。

技術面で日本の選手がこだわらなければいけないのは、ファーストタッチです。スペインで対戦した州選抜や南米の年代別代表の選手は、ファーストタッチでボールがピタッと止まっていました。

2018年に名古屋グランパスに加入した大垣が練習参加したときに、風間八宏監督と話をさせてもらう機会がありました。そこで風間さんは「『ボールを止める』というのは、完全にボールが静止している状態です。少しでも動いていてはダメ。ボールに書いてある文字がはっきりと読めるように、地面に手で置いたような状態。それが『ボールを止める』トラップなんですよ」と言っていました。その話を聞いて腑に落ちたのが、ストイコビッチのエピソードです。

僕の友人が中京大学にいたときに名古屋グランパスと練習試合をしたことがあって、メンバーにストイコビッチがいたそうです。友人に「ストイコビッチ、どうやった？」と訊くと「ボールがピタッと止まるから飛び込めない」と言っていたんですね。その話とリンクして、これかと。

イニエスタもそうですよね。強いパスでも衝撃を吸収して、ボールの勢いを殺してしまう。そして足元にボールを置いた状態になる。その話を聞いてから、選手たちには「ボールが転がらないように止めよう」と言っています。彼らもスペインから帰ってきた直後は実感して、こだわってやるのですが、日にちが経つに連れておろそかになるので、そこは常に意識させなければいけないと思っています。

## 高体連かJクラブか

ある年代別の代表監督と話す機会がありまして、その人は「15歳まではJのアカデミーでプレーして、16歳からは高体連に行くのが良いのではないか」と言っていました。というのも、中学時代に特徴を持った選手がJクラブのユースに引き抜かれた結果、プレーが整理され、特徴が薄れてしまうケースが多いそうなんです。

その監督は「代表で1対1の練習をしないといけないんですよ。Jクラブのように、少ないタッチ数でパスを回すサッカーをしていると、1対1の局面が少ないので、対人プレーの力が上がらないんですよね」と苦笑していました。

年代別代表の目的はアジア予選を勝ち抜いて、年代別のW杯に出ることです。そのためにはアジアのデコボコなグラウンドで、中東の速い選手がカウンターを仕掛けてくる中、1対1で対応できなければいけません。個の対応力は不可欠なのです。しかし強豪のJユースは選手のクオリティで上回っているので、日本で試合をすると、そういう場面があまりないんですね。

一方で高体連はというと、興國のようにボールを大事にして攻撃するチームはそれほど多くはありません。インターハイや選手権などの大きな大会になると、失点のリスクを減らすために、ボールを前線に蹴って走るサッカーをするチームが多いです。局面での競り合い、1対1の場面は多いのですが、一方でJユースのように最終ラインからボールをポゼッションをして、しっかりとポジションをとってビルドアップするのが得意なチームは少ない。結果、年代別代表に選ばれたときに、個の局面では良いプレーをするのですが、アジアの引いて守る相手に対して、ビルドアップの際に苦労をするそうです。

つまり、対人プレーに強い選手はビルドアップができず、ビルドアップができて正しい判断ができる選手は対人プレーが苦手と、両極端な現状があります。そのため、Ｊクラブで15歳（中学生年代）までに整理されたサッカーをして、ボールを動かすことを身につけて、16歳から高体連に入って、対人プレーや戦う部分に取り組んで行くのがいいのではないかという結論になりました。

## 大学経由でプロに行くタイプは？

これは大学にも同じような傾向があり、プロを何十人と輩出している大学の監督さんはこう言っていました。

「大学1、2年生の時に、即戦力として使えるのはＪユース出身の選手。だけど、4年生になったときにプロから声がかかるのは、高体連出身の選手が多いんですよね」

Ｊユース出身の選手は技術、判断、守備戦術などを入学時にすでに身につけているので、即戦力として起用することができます。でも、4年間という長い目で見ると、高体連出身の選手がプロの目に止まるというのです。

Ｊユース出身の選手は能力が平均的に高いレベルにあるので、1、2年生のうちから試合に起用できます。しかしプロに行くためには、何かの能力が突出していること、つまり武器が必要です。円グラフで言うと、Jユース出身の選手は平均的に大きな円を描く能力値なので、1、2年生のうちから試合に起用することはできますが、飛び抜けた部分があまりない。

一方、高体連出身の選手は、戦術理解力など足りない面もたくさんありますが、高校サッカーというタフな環境下で磨いてきた武器があります。大学に入って戦術面を身につける中で、自分の武器をさらに出せるようになった結果、プロから声がかかる選手になっていくのではないでしょうか。これはあくまで僕のイメージで、全員が全員そうではないと思いますが。

Jクラブと高体連のどちらが良い悪いではなく、このような現状の中で、高校3年間でどう選手を育成していけばいいいか。それを我々高体連の指導者は考えていく必要があると思っています。

## ネームバリューだけで選ばない

興國の監督になって12年目。就任当初は部員が12人で、そのうち7人が高校からサッカーを始めた選手でした。当時を振り返ると、それなりに成果は出せたと思います。ただ、目標はヨーロッパで活躍して、日本代表の主力としてW杯に出る選手を輩出することなので、まだまだやるべきことはたくさんあります。

最近はJユースと興國を天秤にかけて、うちを選んでくれる選手が増えてきましたが、Jユースに行く選手を見ると、たまに「ええなあ、あんな選手がいて」と羨ましく思うこともあります（笑）。とくに最近はどのJユースも寮を作り、日本中にスカウトの網を広げています。いまの日本代表選手たちが高校生の頃は、まだJユースの環境が整っていなかったので、高体連に進む選手も多かったんです。でもいまは、北海道の選手が九州のJユースに進むこともありえる状況なので、選手の選択肢は増えています。

チームを持つ立場としては、選ばれる側なので、特徴を出していかなければいけないと思っています。中学生にはクラブや高校の名前ではなく、サッカースタイルやトレーニングの内容、OBの活躍などを見て、自分に合ったところを選んでほしいと思っています。そうしてJユースと高体連が切磋琢磨し、様々なアプローチで多様な選手を育てていくことが、日本サッカーの成長に繋がると思っています。

そのためには指導者が学び続けることが不可欠です。現状に満足したら、未来はありません。選手がヨーロッパで活躍する未来を描いているのに、指導者が県内で優勝することだけを見据えていたら、ミスマッチが生じますよね。指導者は遠くを見て、学ばなければいけません。

よく「どうやって学べばいいのですか？」と聞かれるのですが、答えは簡単です。選手と話し合ってください。まずはそこからです。僕は選手に「今日の練習、どうやった？」としょっちゅう聞いています。「何が目的かわからなかったですね」と言われたら、どうすればいいかを考えて改善します。選手を見て、こいつがもっと凄い選手になるためには、何が必要なのかをずっと考えています。だから色々なポジションで起用したり、体操をさせてみたり、陸上部と一緒に練習をさせてみたりします。研究してトライアンドエラーを積み重ねて、フィードバックを受けて改善という作業をひたすらやっています。そのためには当然、選手にも話を聞く必要があります。選手が乗り気ではない、意味がわかっていないのに、あれこれ練習させても身にならないですからね。自分に足りないのはこれか。これができればもっといい選手になれるとわかったら、必死に取り組みますよね。

興國からは毎年のようにプロ選手が出ていますが、3年生の大垣を見て、当時2年生の村田が、「あれぐらいできればプロになれるんだ」と努力するわけです。それは他のチームメイトも同じで、先輩や同級生が活躍して、成長して、プロから声がかかるという流れをそばで見ています。すぐそこにモデルケースがあるので、やる気にもなりますよね。切磋琢磨できる環境があるのは、興國の財産だと思います。

## 世界で活躍したければ、外国人であることを意識せよ

「興國に来たい」と言ってくれる中学生は、中盤の選手が多いです。シャビやイニエスタに憧れて、「興國はバルサみたいなサッカーができるから」という理由で入ってきます。それも間違ってはいないのですが、シャビやイニエスタのようなインテリオール（インサイドハーフ）のポジションでプロになって、将来はスペインでプレーしたいという夢を持つのは、ちょっと待ってほしいんです。冷静に考えてみ？　と。スペインにはそのポジションが得意な、めっちゃ上手い選手がたくさんいるわけです。『スペインサッカーの権化』のような、状況判断と技術に優れたインテリオールがたくさんいます。その中で、あえて日本人選手を獲得しますか？　と。Jリーグのクラブが、めっちゃ走って上下動する小柄な外国人のサイドバックを獲得しないですよね？　日本人でそのタイプの選手はたくさんいますから。勤勉な汗かき役の選手をブラジルから獲ってこないでしょう。

その国のサッカーに適した、世界最高レベルの選手とポジションを争うのは、分が悪いわけです。日本人が海外でプレーするときは基本的には助っ人なので、その国の選手よりも秀でている部分がないとダメですよね。なぜなら自国人と同じレベルの選手を、高いお金を払い、外国人枠を使って獲得する意味がないからです。

「スペインのパスサッカーが好きだから、将来はスペインでプレーしたい」という気持ちはわかるのですが、そのポジションにはスペイン人で凄い選手、いっぱいおるでと。助っ人にならへんでと。スペインにはいないタイプの選手にならないと、スペインサッカーで必要とされないわけです。

スペインは基本的に素早い判断、戦術的な動きが多いので、ボールを持って仕掛けるドリブラータイプはあまりいません。バルサ、レアル、アトレティコは、どこのポジションに外国人選手を置いていますか？　メッシ、スアレス、ベイル、グリーズマンなど、スピードと敏捷性が必要なアタッカーのポジションに、外国人選手を起用しています。乾選手が高い評価を受けているのも、同じ理由だと思います。

彼らに共通しているのは、スピードがあってボール扱いがうまいこと。インテリオールで活躍している外国人選手は、モドリッチ、ラキティッチ、クロースなど、そのポジションにおける世界最高レベルのタレントだけ。あとは大体スペイン人ですよね。中盤の選手はスペイン産が最高峰なんです。

でもアタッカーは中盤に比べて、若干乏しい。だから、スペインで活躍するなら、そのポジションが狙い目です。僕らは海外進出に向けて、自分たちが外国人だという認識を持たないといけません。その国のクラブが欲しがるのは、自国人にはないものを持った選手なのです。

ドイツで日本人が活躍できるのは、大柄な相手に対して、スピードと敏捷性で太刀打ちできるからです。その国にいないタイプの選手でないと、欧州の強豪リーグで活躍することはできません。意外と、それをわかっていない人が多いと感じます。「将来はヨーロッパでプレーしたい」という夢を持っている子どもたちは、どこまで具体的にイメージできているのでしょうか。自分のストロングポイントと、その国のマーケットが欲しがるタイプが合致したときに、はじめて求められる選手になるわけです。

日本は島国でヨーロッパとの距離はかなり離れています。我々は日常の延長に世界があると思っていますが、世界地図を見るとわかる通り、日本は端っこにちょこんとある国です。そんな小さな国が大陸とやり合うためには、長所と短所を正しく理解して、効率よく選手を育成していくしかありません。それを理解して、初めてスタートラインに立てるのだと思います。

その感覚を持ち続けるためにも、毎年スペインに遠征に行って、フィードバックする作業を繰り返しています。そうしないと、井の中の蛙になってしまいますから。

## 選手が前向きに取り組む環境を作る

高校の3年間でプロになると言っても、実質2年しか時間がありません。これって、めちゃくちゃ短いですよね。フットボールは多くのことを学ばなければいけないのに、時間が圧倒的に足りない。であるならば、いかに効率よく身につけるかを考える必要があります。

そのために重要なのが「選手自身が楽しんで練習をする環境をいかに作るか」だと思います。いやいや練習をさせられても、決して上手くはなりません。「この練習、なんの意味があるのかな?」と思いながらやっても身につかないですよね。それは大人も同じだと思います。「この仕事やっとけ」と上司に言われても、なんのためにそれをするのかがわからなかったら、気が進まないし、ただこなすだけになるじゃないですか。でも、「この仕事は、こういう意味があるから」と説明されれば、大概の人は「なるほどな」と理解して頑張りますよね。サッカーもそれと同じ。僕が監督だからといって、偉そうに「この練習やっとけ」と言ってやらせても、上手くはならないです。だから、グアルディオラの練習をYouTubeで見て、その通りやらせても上手くなりっこないんです。

もちろん、最初からうまいことといかない練習もあります。選手に「今日の練習はこういう狙いがあったんやけど、どうやった?」と聞くと「ああ、それはわかります」「ちょっと、よくわかんなかったですね」と意見が返ってくるので、じゃあまた明日もやろうか。それなら違う練習をしようかと変えていきます。

僕は選手時代、わがままだったので「こんな練習やって、なんの意味があんねん」とよく思っていました（笑）。選手にはそう思ってほしくないので、とにかく話をして、納得できてからするようにしています。本当は外から見ていて、「この選手は理解しているな」「チームとしてできているな」と分析するのがいいんでしょうけど、僕はせっかちなので「今日の練習、どうやった？」って直接聞きます。その方がダイレクトに伝わるので、次の手も打ちやすいんです。

女の子でもそうでしょう？「この娘、僕のことどう思っているかな？」と想像するよりも、「あなたのことが好きなんですけど、僕のことどう思います？」と聞く方が圧倒的に早いですよね。そこで「なんとも思ってません」と言われたら「そうですか。ほな」って、次に行けばいい。外から見て、「あの娘、俺のことどう思ってるかな」と悩んでいる時間がもったいない。高校3年間といっても、実質2年しかないんですから。相手に聞いて、フィードバックを受けて改善していく。その繰り返ししかありません。恋愛の話じゃないですよ。サッカーの指導の話です（笑）。

3年生の部員たちが引退するときに、キャプテンに「今年の練習でどれが良かった？」「どれがあかんかった?」と訊いて、「あれは続けたほうがいいですね」「あの練習は微妙ですね」という意見を反映させて、改善していきます。もちろん、試合の戦術的な動きについては、僕が細かく指導しますけど、日々のトレーニングはそうやって進めていきます。

選手には「こういう動きができるようになりたいから、明日は新しいトレーニングをやるから」とLINEで動画を送って、事前に理解してもらうこともあります。

## 「興國の選手には野心がある」という評価

世界のトップレベルで活躍する選手になりたいのであれば、18歳でプロにならなければ遅いです。ロシアW杯の日本代表選手の中に、大卒でプロになった選手はGKの東口順昭選手(ガンバ大阪)と長友佑都選手だけですし、長友選手は強化指定で明治大学在学中からFC東京で試合に出ていました。ネイマールは22歳でブラジル代表の10番をつけているわけで、選手たちには「ムバッペは18歳でチャンピオンズリーグベスト4、19歳でフランス代表の10番をつけてW杯優勝やぞ」とハッパをかけています。

興國は大学生とも試合をするのですが、「大学生相手に個の力で負けているようでは、プロには行かれへんで」と言っています。だから、相手が大学生であっても、守備ブロックを作るリアクションサッカーはしません。フルコートマンツーの勢いで、前から行って真っ向勝負します。それで負けても失うものはありません。一方でチームとして組織を作って勝っても、選手自身が得るものはあまりないですよね。

正直、強豪大学と試合をすると、5、6点取られることもあります。そこでもゴール前の1対1で相手の攻撃を止めたり、何人もドリブルで抜いてゴールを決める選手がプロになりますし、もしプロになれなくても、対戦相手の大学から声がかかることもあります。

あるとき、対戦相手の大学の監督に「興國の選手には野心があるよね」と言われました。選手はボールを持ったら積極的に仕掛けますし、目の前の大学生より自分の方が上なんだと、俺はプロに行くんだという気持ちで真っ向勝負するからだと思います。だから、翌年にその大学と試合をするときも、Aチームや Bチームなど、上のカテゴリーの選手と試合をさせてくれるんです。

あと、大学の監督から言われるのが「興國の選手は、良くも悪くもはっきりしている。だからプレーを見ていて、この選手はウチに合うな、必要やなというのがわかりやすい」と。「他の高校やJのユースを見ても、グループで守って攻めているので、どの選手が良いのかがわかりにくい」とも言っていました。僕としても、選手たちにプロに行ってほしい、大学で活躍してほしいと思っているので、初めて見た人に対して「この選手はどういう選手か」がわかるようにしたいという思いがあります。

Ｊクラブのスカウトの方に「選手の能力を六角形にしたら、自分のクラブのユースの選手はきれいな円になる。興國の選手は円にはならず、どこか飛び抜けたものがある。トゲトゲしい」と言われたときに、たしかにそうかもなと思いました。

そもそもＪクラブは自前のユースを持っているので、そこにはいない、別のタイプの選手を高体連に探しに来るわけです。２０１８年に清水エスパルスに加入した西村だったら、「１８４cmの長身でこれだけ技術のあるボランチはいない」という評価でしたし、名古屋グランパスに加入した大垣は「相手が3人いてもドリブルで仕掛けるのは、うちのユースにはいないタイプ」と評価してもらいました。もちろん、Ｊユースの選手の方が、うまくできるプレーも当然あります。しかし、これという武器に関して言うと、飛び抜けたものがあったから、プロから声がかかったんだと思います。

それは、興國からプロになった選手に共通することです。「左利きであんなドリブルをする選手はいない」「センターバックで、あれだけ強気にインターセプトできる選手はいない」というように、一言で、この選手のストロングポイントはこれというものを持っていた選手がプロになっています。

スピードのあるアタッカー、1対1に強いセンターバック、身体能力の高いボランチ、攻撃参加が得意なサイドバック…。ひと目で選手の特徴がわかった方が、プロのスカウトも大学の関係者も声をかけやすいですよね。ジュースを買うときに「コーラ」って書いてあるから、飲みたい人はそれを買うわけで、コーヒーを買いたい人は最初からその棚を探します。でも、外から見たらなんの飲み物かわからなければ、誰も手に取らない。それと同じことだと思うんです。「興國の選手はわかりやすい」「特徴が尖っている」というのは、褒め言葉だと受け取っています。

## チャレンジを続けて武器を磨く

選手に武器を持たせるためには、繰り返し、繰り返し、練習も公式戦も関係なく、トライさせる、チャレンジし続けさせること。その経験を経て、自分の武器が磨き上がっていきます。

たとえば2018年の在学中にレノファ山口と二種契約した起海斗は、もともと左利きのアタッカーだったのを、サイドバックにコンバートしました。目指すはレアル・マドリーのブラジル代表・マルセロです。

彼には「攻守の1対1で負けないこと」「攻撃では必ず相手を突破して、クロスを上げること」「サイドバックだけど、ゲームメイクに関わること」について、試合でミスをしても、何度も口を酸っぱくして言い続けてきました。

そして、「マルセロみたいに、サイドバックだけど、ゴール前に上がってゴールを決めろ」と要求しました。もちろん、サッカーはチームスポーツなので、選手個々が自分勝手にプレーするわけにはいきません。サイドバックであれば「いまだ！」という仕掛けのタイミングを窺う必要があるわけです。サイドバックが攻め上がったのはいいけど、ボールを奪われて空いたスペースを使われることもあります。チームとしては不利な状況ですが、選手個々にとっては能力が試される場面です。

たとえば、ボランチの選手には「サイドバックが上がってカウンターを受けた場合、そこをカバーできるような選手にならないと、プロにはなられへんよな」と言い、センターバックの選手には「サイドバックが上がった状態で、カウンターを受けてゴール前は2対2の数的同数や。戦術的にはあかんことかもしれんけど、高校生を相手に同数で止められなかったら、プロには行かれへんやろ」と言います。高校生相手であれば、1対2でも止める。もしくはリスク管理をして、味方が戻る時間を作って、守ることができるような選手がプロになれます。そのため、センターバックの選手には最終ラインで余らず、リスクを負って守備をさせることもあります。当然ミスもしますが、それでも何度も続けさせます。

だからこそ、積極的にプレーしない選手にはめちゃめちゃ言いますね。センターバックの選手には、前にスペースがあってドリブルで前進できるのに、消極的なパスを選択したら注意しますし、中盤や前線の選手にも、意図なくボールを下げたら指摘します。「行けよ！」「いま行けたやん！」って。相手のプレッシャーに負けて、ボールを下げる選手にはボロカス言います。その様子がYouTubeにアップされていて「この監督ヤバイ」「高圧的や」とかコメントされているので、あまり見ないでください（笑）。

## プロになるのではなく、プロで活躍することが目標

僕はプロ選手を輩出するのが目標ではなく、プロになって活躍する選手を育成したいと思っています。サッカースタイルには様々なものがあり、興國が取り組んでいるプレーモデルは、その中の一つに過ぎません。それを過大評価してはいけないと、最近は強く感じています。

興國の基本システムは1－4－3－3なのですが、高校選手権の予選が終わった段階で、3年生だけシステムを1－4－4－2に変えて、1、2年生の新チームと紅白戦をします。なぜそうするかと言うと、大学やプロに行くと、日本の場合は1－4－4－2のシステムで

プレーするチームが多いからです。

それまでは1－4－3－3か1－3－4－3でプレーしているので、1－4－4－2にすると戸惑います。サッカー経験のある方ならわかると思いますが、1－4－3－3と1－4－4－2では、選手の自由度が違いますよね。1－4－3－3は相手の中間ポジションを取ることでパスコースを作り出し、自分達から仕掛ける攻撃的なサッカーに適しています。

興國ではそのシステムで、どうやって主導権を握ってプレーするかを3年間かけて学んでいくのですが、選手権の予選が終わった12月頃からは、3年生のみ1－4－4－2のゾーンディフェンスでプレーさせます。そして新チームの1、2年生連合軍と3年生で対戦します。1、2年生チームは1－4－3－3なので1－4－4－2で守る3年生チームはパスを回されて、チンチンにされます。業を煮やした3年生が「監督！ システムを1－4－3－3に変えてもいいですか？」と言いに来るのですが、僕はそこで「いや、絶対に1－4－4－2でやれ」と言うわけです。「1－4－4－2にも慣れておかないと、上のカテゴリーに行った時に苦労するから」と。3年生は引き下がらず「でもこれほんま無理ですよ。絶対にハマらないですよ。僕らはそうやって1－4－4－2の相手チームを翻弄してきたから、無理なことはわかってるんですよ」とかブツブツ言うのですが（笑）。

「そういう中でも、やらなあかんやろ」と言うと「マジきついわぁ」とか言いながらやります。プロに行くような3年生たちなので、個人の能力で打開して点を取るのですが、顔を見るとうまくいかないなという不満の色が強く出ています。それを見て僕は、そうやろなと思いながらニヤニヤしているわけです。

「せっかく興國で攻撃的な面白いサッカーをしているのに、上のカテゴリーで同じようなサッカーをするチームが少ないんです」と愚痴っていても仕方ありません。日本のサッカー環境を見ると、一部のJクラブを除いて、ジュニアからトップまでが繋がっていませんよね。そこで、下のカテゴリーや上のカテゴリーの指導者のせいにして「うちの選手を活かせる場所がない」と言うこともできるんです。それは、日本中で起きていることであり、そう考えている指導者もたくさんいると思います。

でも、日本の現状がジュニアからトップまで一貫していないのだからしょうがない。その中でより良くするために、どうすればいいか?を考えたほうが建設的だなと思ったんですよね。だから僕は大学に行った選手にも、Jリーグに行った選手にも頻繁に連絡をして「どうや?」とか「高校時代にやった練習でどんなんが役に立ってる?」「これはいまいちやなと思った練習があったら言ってな」とコミュニケーションをとっています。

どんなサッカーにも対応できる選手にならないと、上のカテゴリーでは生き残っていけません。そのため、選手権の予選までは興國のプレーモデルを徹底させますが、その後、卒業までの間に興國に入学してきたときのように、「1回リセットしよう。忘れよう」と言って、選手を次のカテゴリーに送り出します。それが、選手のためだからです。

# 第2章

# 興國サッカー部の流儀

## 部員は270人、全部で7チーム

興國サッカー部は週休2日を目指しています。基本的に土日に試合があるので、月曜日がオフ。火曜日はJGREEN堺で練習をして、水曜日は動きづくりのために、体操の時間にあてています。体操は専門の先生に来ていただいているのですが、ボールを使った激しい運動はしません。完全オフの月曜日と体操の水曜日。この2日はリフレッシュの日にあてています。

興國には3学年で部員が270人ほどいます。チームをABCDE、1年A、1年Bの7チームに分けて活動しています。スタッフは16人でそのうち9人が教員です。それ以外は提携先のセレッソ大阪から2人、学生コーチが2人、トレーナーが3人。

7つのチームはピラミッドではなく、Aチームの周りをBとCと1年Aが囲んでいるイメージです。その下にD、E、1年Bが積み上がる形です。そのため、B、C、1年Aで良いプレーをした選手はAに上がることができます。A、B、Cはそれぞれチーム登録をするので、Cチームに入れば3部リーグですが、公式戦にも出場できます。公式戦に出ないとおもしろくないし、何よりうまくならないので、なるべく多くの選手たちに出場の機会を作るようにしています。

ある程度人数が増えてくると、指導者の好みによって試合に出られる、出られないが決まってくるんですね。そうなると、良い選手であっても埋もれてしまうことがあります。それを防ぐ意味でも、ピラミッド型にはしていません。

Cチームでのプレーが認められて、Aチームのスタメンになった選手もいます。選手自身も、自分が置かれているカテゴリーの中で上の方の選手になれば、Aチームに行けるんだという明確なルートがあると、練習や試合に臨むモチベーションも高まります。良さそうな選手は積極的にAチームの紅白戦に混ぜて、どれぐらいプレーできるかをチェックしています。

7チームに分けて、それぞれにコーチがいるので、興國スタイルを浸透させるのは難しくないですか？　と聞かれるのですが、スタッフは僕も含めた全員で1つのチームを見ていた時期からいる人ばかりですし、学生コーチは興國の卒業生です。ラーメンでいうと二郎系のような感じで、ベースは同じ。ただ、コーチによってこだわりたい部分はそれぞれなので、ちょっとずつ味が違うという（笑）。

監督は僕なので、基本スタイルは僕が決めます。システムは1－4－3－3か1－3－4－3のどちらかで、練習で毎回やるルーティーンの中には、どのチームもパス&コントロールとボールコーディネーションを入れています。それ以外にどんな練習をするかは、各コーチに任せています。ただし、僕が監督をしているトップチームはこんなサッカーをしている、こんな練習をしているというのは、見ておいてくれよとは言っています。

僕が学生の頃は、人数が多い強豪校は部員を減らすために、1年生の最初の数カ月はひたすら走らされることがありました。うちはそういうのは一切ありません。そもそも、ボールを使わない素走りの練習はしませんから。数年前はグラウンドの関係でトレーニングをする場所がなく、仕方なく学校の周りを走ることもありましたが、あまりにも部員が多すぎて、近所の方に「お前らの道じゃねえぞ！」と苦情が来て、学校の周りを走ってはいけなくなりました（笑）。

## 希望者は中3から練習に参加できる

興國のサッカー部は、学校に入学して希望を出せば、誰でも入部できます。希望者は中学生のときに、練習に参加することもできます。中学生の練習は毎週水曜日に受け入れています。水曜日は体操がメインの練習なので、グラウンドの空いているところで、中学の様々なユニフォームを来た選手たちが、興國独自のボールコーディネーションのトレーニングをしています。

練習参加は「興國の入試を受ける」と決めたら、何回来てくれてもOKです。そこには、保護者、中学の所属クラブの監督、選手、そして僕の4人の同意が得られればという条件がつきますが。

２０１7年に名古屋グランパスに加入した大垣は、中3の7月から毎週来ていました。中3になると高校受験があるので、年が明けると、街クラブや中体連の選手は練習回数が減ったり、試合がなかったりするんですね。なるべく、サッカーをしない空白期間を作りたくないので、体験練習会という形で中学生に来てもらうようにしました。

体験練習ではボールコーディネーションとゲームをするのですが、高校1年生になって初めてトレーニングをするのと、中3のときから取り組むのとでは、大きな差がつきます。通える範囲に住んでいて、興國に入学を希望する子は、どんどん来てほしいと思っています。

興國に入学してきた1年生には「まず、今まで学んできたことと、教わってきた小学生、中学生時代の指導者をリスペクトしなさい」と言います。その上で「これまで身につけてきたことを一度リセットして、これからサッカーに取り組んでほしい」と伝えます。

非常に言い方が難しいのですが、ジュニアユース時代にその選手が身につけてきたものと、興國のスタイルが合致しないところが多いからです。もちろん、僕自身、その選手が過去に所属していたクラブも、指導者もリスペクトしています。ただ、指導で身につけてきたことの多くが、僕らが興國で求めているものとは違うので、一度忘れてもらわないと新しいものが入らないのです。ただしこれは、繰り返しになりますが、ジュニアユースでの指導を否定しているわけではありません。もちろんリスペクトはしています。その上で、僕が目指す興國のスタイルにどう適応させるかという話です。

## スペイン遠征で真意に気づく

高校1年で入学して、2年生の11月～12月に修学旅行として、スペイン遠征に行きます。そこで選手たちとじっくり話をする時間があるので「スペインに来てどう思う？　なにか感じることあった？」と訊くと、99％の選手は「日本のサッカーは変わらないといけないですね」と言います。これは、今まで教わってきたことが正しい、正しくないという話ではありません。「今まで、自分たちが理想だと思ってやってきたことが、スペインに来て通用した？」と訊くと「全然でした。監督がずっと言い続けてきて、練習でやってきたことの意味が、ようやく理解できました」と。

日本の選手はボールを持ってプレーしたがりますし、中学時代にとにかくボールを持ってプレーする指導を受けてきた選手もいます。でも、スペインに来ると相手の寄せが速いし、当たりも強いので、そもそも悠長にボールを持っていられないんです。少しでもボールを持っ

スペイン遠征ではビジャレアルなどの強豪クラブとも試合をし、レベルアップを図る

ていると、スライディングでガッツリ来られるし、そこでかわしたら、頭に血が上って更に激しく削ってきます。良い悪いではなく、そういう世界なんです。

「スペインの相手と試合をして、ボールを持つのは無理です」と言うので「じゃあ、どうする?」「素早くポジションをとって、判断速くプレーするしかないです」と選手たち自身で気がつきます。

ただ、誤解してほしくないのは、興國は「パスサッカー」ではないんですね。判断の速さ、的確なポジショニングは求めますが、アタッカーやサイドバックはもちろん、ボランチやセンターバックでさえ、行けると思ったらドリブルで勝負します。それは2018年に名古屋グランパスに加入した大垣、2018年の在学中に二種登録でJリーグデビューを果たした村田や起を見てくれればわかると思います。大垣や村田は、スペインの選手相手でも3人、4人をドリブルで抜いていました。速くてテクニックがあるので、アジリティの乏しいスペインの選手は追いつけないんです。

プレーエリアや状況を見て、ボールを繋ぎながら、行ける時は勝負する。そのためには素早い判断や認知が必要なので、練習から口を酸っぱくして言っています。

## エコノメソッドの指導

認知や状況判断の指導をサポートしてもらっているのが、スペインのバルセロナを拠点に、世界中で指導を行っている「エコノメソッド」（旧サッカーサービス）という会社のコーチたちです。近年はパリ・サンジェルマンのアカデミーでも指導をするなど、指導力や指導コンセプトの作成には定評がある人達です。

エコノメソッドとの出会いは2011年、スペイン遠征に行ったときのことです。それまでもスペインのクラブが主催するクリニックを受けたことがあったのですが、エコノメソッドのクリニックの内容が、群を抜いて良かったんですね。

彼らはまず「チームとしてどんなサッカーをしたいのか」を細かく聞くところから始まり、そのために必要なサッカーの考え方や技術、戦術を教えてくれるんです。

興國はボールを支配して、パスを繋いで攻めていくスタイルなので、それを実現するためのポジションのとり方、技術の発揮の仕方など、0を1にする指導がとても上手。オフトがトライアングルを日本人に教えたように、ベースをちゃんと丁寧に教えてくれるんです。

ではどんな指導をしているか。ひとつ例をあげると、「チェックの動き」ってありますよね。パスを受けたい方向とは反対に動いて、マーカーを引きつけておいてから、本当に受けたい方へ移動してパスを受ける動きのことです。

大体、指導するときは「右側で受けたかったら、左に一旦動いてから右に行け」と言うじゃないですか。でもエコノメソッドは「4歩動け」と具体的に言うんです。「右でパスを受けたかったら、左に4歩動いてから、右に行け」と。「適当に体を逆に振るのは、マークを外す動きではない」と。4歩が体に染み付いたら、状況に対して3歩にしようが2歩にしようがいいと思うんです。ただ、最初は知識がない1年生に「4歩動け」と言うとわかりやすいですし、しかもスペイン人にスペイン語で言われるので「そうか」と聞き入れやすい（笑）。

ほかにも「線を引け」と言うんですけど「ボール保持者と自分の間に線を引いて、その間に相手選手が入ってきたらパスを受けられないので、左右に動け」といったように、ベースの考え方を伝えるのがめちゃめちゃ上手なんです。そのため、月に1回、日本で1年生を対象にクリニックをしてもらっています。

## 地域に根ざしたチーム作り

ありがたいことに、興國に来たいと思ってくれる子は北海道から沖縄までいます。毎週、大阪に来るのは無理なので、一度来てもらってボールコーディネーションを体験して、家に帰って同じメニューを自主練でやってもらえればと思っています。いまは動画で見られますし、ＤＶＤも出していますから。

私立の学校ということでよく「全国から選手を集めているんでしょう？」と言われます。でも、基本的に僕は通えない範囲の子には声をかけません。そもそも、大阪や京都、兵庫、奈良など近隣には良い選手がたくさんいます。大阪出身の日本代表選手も多いですよね。

ちなみに、うちからプロになった選手は全員大阪出身の子です。それにこだわりを持っていた時期もありました。まずは地域の子たちを中心に結果を出して、地元の人たちを喜ばせたいと。それに、地元の子たちの数は、本当の意味でその学校が地域に受け入れられているのか、評判が良いのかを測るものさしでもあります。

まずは大阪の選手をしっかり育成する。それをせずに、県外に選手を取りに行くのはちょっと違うと思うんです。県外から取った選手が「なんかイメージと違うな」となってしまったら、その子供の人生を台無しにすることにもなりかねませんから。

ただし、あまりにも県外から「興國に行かせたいのですが、寮はありますか？」という問い合わせが増えてきたので、２０１７年に、学校のそばにあるマンションを一棟借りて、野球部と合同の寮を作りました。そこには北海道から沖縄まで、様々なところから来た生徒が共同生活を送っています。

うちに来る子の80～90％が中学時代はクラブチームでプレーしていた選手ですが、サッカー未経験者もいます。最近はJクラブからの誘いを断って、興國に来てくれる選手もいるので、僕も頑張らなあかんなと気が引き締まります。

## 7人のキャプテンでメンバーを決める

興國には第1キャプテンから、第7キャプテンまでいます。そのうち5人が3年生、2人が2年生です。この7人と僕ともう1人のコーチの計9人でミーティングをして、遠征メンバーや公式戦のメンバー、スタメンを決めています。いろいろな人が関わることで、選手に対する見方が偏らないメリットがあるのと、360度評価なので、私生活がおろそかになっている選手はすぐにわかります。

キャプテン1人と僕でメンバーを決めるとなると、キャプテンと僕にさえバレなければいいという考え方になってしまいがちじゃないですか。でもキャプテンが7人もいるとそういったことは不可能ですし、2年生キャプテンも2人いるので、3年生が後輩に嫌がらせをしたりするとすぐにバレます。そんなヤツ、いくらサッカーが上手くてもメンバーに選びたくないですよね。

選手同士がお互いに広く見られているので、僕が「この選手はメンバーに入れようと思う」と言うと「ああ、そうですよね」という感じで意見が分かれることはなくなりましたし、逆に言うと「この選手とこの選手、どっちをメンバーに入れようか」という悩みも、僕と選手たちで共通しています。「やっぱ、このポジションは悩むよなぁ」とか言いながら（笑）。

メンバーがちょくちょく変わるポジションがあると、中心選手はこのポジションの選手のプレーにストレスを感じているんだということがわかります。外から見ている僕よりも、一緒にプレーしている選手の方が細部までわかるので、彼らの意見は参考にしています。「監督はこの選手を使うけど、自分としてはやりにくい」というのって、絶対にあるんです。僕も選手時代にはよくありました。

## 振り返りＬＩＮＥで考える力をアップ

Ａチームの選手には、練習や試合後に内容を振り返ってＬＩＮＥで送ってもらいます。みんな長文で返してきますし、どんなことを書いてくるかでサッカーに対する理解力、メンタル面の調子も感じ取れるので、非常に役立っています。僕の方から「この動画は参考になるかも」と、ネイマールなど海外選手のプレー動画を送って見せることもあります。サッカーノートだと、物理的にノートを書いて渡すという手間がかかりますが、ＬＩＮＥは試合後の移動時間などで手軽に書けますし、僕もすぐにチェックできるので便利です。

試合で自分のプレーや仲間のプレーにフラストレーションが溜まっていたとしても、文章でアウトプットして、僕に見せることで軽減されるんですよね。溜めるのではなく、吐き出す効果もあります。

文章が短いと気分が乗ってないな、モチベーションが下がっているなとわかります。メンタル面は思った以上に文章に出るんですよね。試合に出られない選手は、ベンチメンバーの気持ちを書いて送ってくれることもあります。熱い思いを書いてくれると、グッと来ます。もちろん、真面目一辺倒ではなくて、「お前の今日のポジショニングはなんやねん」と僕が返したら「〇〇くん、反省しています」というスタンプで返してくるヤツもいますからね（笑）。「お前、全然反省してへんやんけ」「いや、してますって。あえてスタンプで返したんですよ」とか、褒めたら「超うれしい」というスタンプを送ってくるヤツもいます。

ＬＩＮＥで練習や試合の振り返りをすることで、小論文が上手になるという思わぬ効果もありました。おすすめです。ぜひやってみてください。

## ボールを繋いで責任を繋ぐ

こういうやり方で遠征や公式戦に出るメンバーを選んでいるので、モンスターペアレント的な人からの文句もありません。僕がやりたいサッカーと選手たちがやりたいサッカーが同じなので、メンバーを選ぶ基準もはっきりしているんですよね。興國のサッカーはゴールキックから右に蹴るか、左に蹴るか、ロングキックなのかショートパスなのかという判断が常に伴います。「ボールは責任」と言っているのですが、ボールを通して責任が繋がれているので、責任逃れのプレーをする選手はすぐにわかるんです。

それは、中でプレーしている選手には一目瞭然です。外から見ているよりも、中でやっている選手たちのほうがよくわかるぐらいです。だから、選手の方から「なんであいつが試合に出られて、僕が出られないんですか」と言ってくることはまずありません。選手自身が、自分がAチームで試合に出られるレベルにないことがわかっているからです。

ゴールキーパーからボールを介して責任が繋がっていくので、自分のところにボールが来たら責任を果たす。相手に寄せられたからといって、マークされている味方にパスを出して、そこで奪われる場面ってよくありますよね。ボールを繋ぐサッカーをしていると、責任逃れのプレーをしたらすぐにわかります。「お前のところではボールを取られなかったけど、パスを受けた選手が取られたら、お前が取られたのと一緒やで」と。指導者もそこをわかってあげないと、選手がキツいですよね。なぜボールを奪われたのかをちゃんと見てあげないと、プレッシャーのキツいポジションの選手が損をするだけで、その選手は今後厳しい位置でボールを受けないようになっていきます。ミスをしたくないから。

守備の時は自分のマークやゾーンを守りますよね。自分のところでミスをしたり、突破されると失点に繋がるので責任は重大です。攻撃も同じことで、ボールを失わないという責任を果たしながら、味方と連動して相手ゴールを目指すわけです。

その意味で、攻撃の選手はシビアに見られます。自分がパスミスをするのは当然のこと、自分が出したパスの質が低くて、受けた味方がミスをする。攻撃がノッキングをする。誰の責任？　となるわけです。

責任とは本来そういうもので、任されたことができなければ、練習をしてできるようになるしかありません。仕事も同じですよね。タスクを任されて、できなければできるようになるために勉強をしたり、周りの人に聞いたりしながら、自分を高めていくしかない。サッカーで言えば、そのプロセスが練習なんです。だから、興國の選手たちは自主練をして、ボールの置所からこだわっています。ボールをどこに置くかで、次にできるプレーの選択肢は全然違ってきますから。僕が「自主練せえよ」と言わなくても、試合で良いプレーをするためにはどうすればいいかがわかっているので、自分でひたすらボールを蹴っています。

## 試合に出られる基準を明確にする

チームとして「このプレーができれば試合に出られる」という基準を共有することは、すごく大事なことだと思います。できない選手はできるように練習する。できるようになったら試合に出られる。そうすると、腐る選手がいなくなるんです。

興國にはその基準があるので、「なんで俺、試合に出られへんねん。監督わかってないわぁ」というヤツはいないです。基準がわからない上で評価されるのって、大人でもめちゃくちゃストレスですよね。だから腐ったり、淀んだり、後輩をいじめたりする。うちはコーチが見て、この選手は基準に達したなと思えば試合や紅白戦でチャンスを与えて、トップチームでプレーできるレベルにあるかを見ます。そのタイミングを見逃さず、ここだというときにチャンスを与えるのは、指導者の大事な仕事だと思います。

これは笑い話なんですけど、僕もコーチも試合中、選手に「なにしてんねん！」「そっちちゃうやろ！」って関西弁でめっちゃ言うんですね。外から見ている人は「なんで監督あんなに怒ってんねん」って思うぐらいに。YouTube に動画が上がっているのですが、コメント欄に「興國は育成が大事やって言うてるのに、監督めっちゃ怒ってるやん」とか書かれているんですよ。それを見て、僕は選手と笑っているんですけど、これにはいくつかの理由があります。

1つ目が「選手を悠長に育成している時間がないこと」。たとえばJクラブであればU－12からU－15、U－18と6年以上に渡り、一貫した育成哲学のもとに積み上げることができますが、興國は高体連でジュニアユースのクラブを持っていません。関西を中心に東北から沖縄まで、各地から違う育成哲学の元でプレーしてきた選手が集まってきます。バックボーンの違う選手を、高校3年生になるまでの2年間である程度のレベルに引き上げるためには、悠長に選手に判断をさせている時間はないんです。そのため、状況に即したプレーをすること、良い判断をすること、プレーに責任を持つことに関しては、試合中にもとことん言ってやらせて、3年生になったときに、いままで身につけてきたものを出してみろという形にしています。

それまでは試合中にコーチングをしまくって、プレーの正しい選択、判断を植え付けるための時間なんです。ただ、その言い方が関西弁でキツいので、どうやら関東の人から見ると「選手にボロカス言ってるな」と感じるようです（笑）。

3年生になると、試合中にあまり強くは言いません。もうその段階は通り越して、プレーモデルに即した判断ができるようになってきているからです。ただし1、2年生には強く言います。3年生を差し置いて試合に出ているので、できていない部分は指摘する必要がありますし、3年生でも、エースやキャプテンなどJクラブから声がかかるレベルの選手には、もっと伸びてほしい、ここで満足してほしくないという期待も込めて結構言います。

## 大型でスピードのある選手を育てる

2018年度は、素材的に可能性のある選手がたくさん入部してくれました。たとえば、高校1年生で181cmあり、50メートルを5秒台で走る選手。彼は足が速いので、ドリブルの練習をさせています。181cmあって足が速いとなると、多くの指導者はFWかセンターバックで起用すると思うんです。

でも、僕はあえてサイドアタッカーとして育てようと思っています。というのも、180cm以上のサイズがあるドリブラーって、日本にいないですよね？　でも世界を見渡せば、クリスティアーノ・ロナウド（186cm）、ベイル（185cm）、ロッベン（180cm）、ロナウジーニョだって182cmあります。ヨーロッパでは、誰も彼らのことを「大型FW」とは呼ばないですよね。

その選手には「日本の中では大型FWかもしれんけど、ヨーロッパに行けば普通やで」と言っています。日本で180㎝以上あって、50メートルを5秒台で走るドリブラーの選手はそれほどいないと思うので、将来が楽しみです。

## FWでプロになるためのメンタリティ

2018年の1年生に、中学時代はFWでプレーしていた選手がいます。FWで大成するためには、技術やスピードもそうですが、性格面がかなり重要だと思っています。大阪弁で「やんちゃ」なヤツでないと、FWとしては一線で戦っていけないと思うんです。

FWは相手（DF）をどうにかして出し抜かないといけないですよね。「こいつ、いまどんな気持ちなんやろ」「どうやって抜いたろうかな」と常に目を光らせておいて、チャンスが来たらグッと仕掛ける。そういうメンタリティが必要です。ウルグアイ代表のスアレスをイメージしてもらえればわかりやすいと思います。テベスやバロテッリになると、少し極端ですが（笑）。

その1年生は、性格的に良いヤツすぎるんですね。他の選手が用具を片付けずに放っておくと、そいつがちゃんと片付けている。そこで、その選手に「○○（他の選手）にも片付けさせろよ」と言うんですけど「言ってもやらないんで」と自分でやってしまうんです。優しくて真面目なので、ＦＷ向きではないなと。現に、どうやって片付けずにサボろうかと考えるようなヤツらはみんなＦＷですから（笑）。

だから、その選手はサイドバックにコンバートしました。身長が１８０㎝あって、ドリブルで相手をかわすことができて、前にボールを運ぶことができるので、チームの中で頭角を現しています。そのままＦＷで起用し続けていたら、性格的に自己犠牲ができる選手なので、走り回って汗かき役になって、それで終わってしまうと思うんです。でも、１８０㎝あってドリブルでボールを運べるサイドバックは日本にあまりいないので、今後プロのスカウトからも注目されるのではないかと思っています。

## プロになりたいから興國に来る

極端な話、興國に来る子たちは、プロになりたいからうちを選んでくれています。彼らにとっては、選手権で優勝することが第一の目標ではありません。監督としては、もちろん優勝したいとは思ってはいますが…。

ＦＷからサイドバックにコンバートした選手に「ＦＷにこだわらなければ、プロになれる可能性があるとしたらどうする？」と訊いたら「プロになれるんだったら、ポジションはどこでもいいです」と答えました。なかには「FWじゃないと嫌です」という選手もいます。それはそれでいいんです。自分で選んだ道ですから。そのポジションでプロになるためには、どうすればいいかを考えながら3年間（実質2年ですが）取り組む先に、未来が開けるわけです。

でも、どれだけ能力が高くても、いい意味で「やんちゃ」でいい加減なヤツじゃないと、アタッカーとして大成しないのではないかと思っています。

これは悪気があって言っているわけではないのですが、偏差値の高い大学ほど、センターバックの人材に困っていないんです。一方、偏差値の低い大学はセンターバックの選手を探しています。センターバックは90分集中を切らさず、リーダーシップをとって仲間を統率しなければいけないポジションですよね。やはり、そういう選手は勉強ができるんです。これは僕の偏見かもしれませんが。

勉強もサッカーも同じで、コツコツ努力できる選手はディフェンダーに向いていると思います。それもあり、ポジションを決める上で、性格はかなり重視しています。

## プロになった選手が歩んだ道のり

２０１８年に清水エスパルスに加入した西村恭史は、中学時代テクニックはありましたが、サブで、全く無名の選手でした。背が低くてガリガリだったのですが、左右両足でジャンピングボレーができますし、ヘディングも強かった。

１年生のときは背が伸びはじめて、身体のバランスが悪かったので、ステップワークとボールコーディネーションをひたすらやらせました。最終的に身長も１８４㎝まで伸びて、足元の技術もあって何よりスピードがあったので、普通ならセンターバックやセンターフォワードで起用するところ、あえてボランチでプレーさせました。

日本にはうまくてデカくて速いボランチっていないですよね？　西村は高校3年の夏を過ぎたあたりから、プロのスカウトやメディアの方が「あいつ誰だ？　興國にやばいヤツがいるぞ」と噂になるほどスーパーなボランチになりました。エスパルスに入団してからも、１年目にしてルヴァンカップで起用されているので、順調に伸びていき、日本を代表するボランチになってほしいと思っています。

基本的にはどの選手も1年生の時はボールコーディネーションを通じて、体をスムーズに動かせるようにして、2年生になってからポジションの適正を見極めていきます。ただ、個人差があるので、全員が当てはまるわけではありません。身のこなしがスムーズな選手は陸上部の練習に行かせて、スピードアップのトレーニングをしたりと、選手によって変えています。

## FWからサイドバックにコンバートしてプロになった起海斗

2018年の在学中にJ2のレノファ山口と契約し、Jリーグの2種登録選手になった起海斗はサイドバックでプロになりましたが、中学時代はアタッカーでした。しかし、左利きでスピードがあり、ドリブルの技術も高いので「マルセロみたいになれ」と、サイドバックにコンバートしました。

ただし、最初からサイドバックで起用したわけではありません。まず、得意なプレーだけでは勝負できないポジションで起用し、判断の速さ、適切な状況下での技術の発揮の仕方を実戦の中で身につけさせていきました。

興國は基本システムが1-4-3-3なのですが、起には3トップのすべてのポジションでプレーさせました。そこで攻撃的なプレーに磨きをかけて、3年生のときにサイドバックにコンバートしたのです。

中学時代はFWだった起海斗を〝和製マルセロ〟にするためサイドバックにコンバートした

後にFWでプロになる選手にも、時にインサイドハーフでプレーさせて、持ち味のスピードで相手を抜くスペースがない中で判断スピードを上げることや、シンプルにプレーすることを学ばせていきます。

繰り返しになりますが、プロになって活躍するためにはスピードは不可欠です。そのため、技術レベルの高い選手は、朝練の時に陸上部の練習に参加させています。うちの高校には各スポーツのスペシャリストの先生がいるので、「この選手、足速くなりますかね？」と聞くと「1秒ぐらいならすぐですよ」と言ってくれて、預けると実際にそうなっています。

1年生で技術レベルが高い選手は、とにかく「50メートルを5秒台で走れるようになるまで、陸上部で練習しろ」と言っています。その陸上部の先生はすごくて、剣道部だった選手が陸上部に入ったところ、100メートル13秒5のタイムだったのが、半年後の記録会で11秒6になったんです。

アタッカーで身長が170㎝台の選手は、アザールやネイマール、メッシやコウチーニョのように、スピードがあって、なおかつ技術が高い選手にならないと、今後ヨーロッパの舞台で活躍することはできないと思います。アルゼンチンの守備的MFのマスケラーノは50メートル5秒台ですから。そんな選手を引きちぎるためには、相応のスピードがないと無理ですよね。いまはどのポジションでもスピードが求められています。

## チャレンジするプレーはミスしてもOK

「サッカーは国民性が現れるスポーツ」と言いますが、地域によって特色は様々だと感じます。日本は南北に長いので、北から南までいろいろな文化があります。けれど情報の中心は関東です。サッカー協会も東京にありますし、東京を中心に情報が全国に発信されていきます。その結果、関東のチームと対戦をすると、皆ベースを共有していると言いますか「強くて速い」という関東のスタイルがあるように感じます。

指導者の皆さんは勉強熱心で知識がある分、プレーに無駄がなく、変なことをする選手もいません。関西人的に言うと「アホなこと」はしてこないんです。しっかりとパスをつないで守備を崩してから、シュートを打ってきます。ある意味セオリー通りなので、攻められても「嫌やな」と感じることはあまりありません。

その点、関西のチームと対戦するときの方が嫌ですね。僕はチャレンジするプレーは基本的にOKなので、アホなプレーをしても「なんでやねん」とか言いながら許容しています。変なところからシュートを打つと、チームメイトから「お前何でそんなとこから打つねん」とツッコミが入りますし、言われた選手も「何でって…ゴールが見えたらシュートやん?」

と言い返します。そういうのって、関東のチームではあまりないですよね。

意表を突いたスルーパスが出てきたら、受け手の選手が「ウソやろ」「それエグイって」と言いながら走っていますから(笑)。サッカーはコミュニケーションスポーツです。コミュニケーションをとるのが当たり前の文化で育ってきている関西人には、マッチしているのかもしれません。

話がそれましたが、東京から離れるにつれて徐々にスタイルも変わっていき、九州に行くと独自のスタイルで育成をしている指導者やクラブが多いような気がします。その点、大阪は東京から離れすぎず、近すぎずでちょうどいい位置にいるのではないでしょうか。

何かのインタビューで読んだのですが、関西のあるJクラブのアカデミーの監督さんが「大阪には変なおっちゃんが多いんですよ」と言っていました。言われてみれば確かにそうやなと。僕もそのひとりなんでしょうけど(笑)。

## 九州遠征で相手チームに取り囲まれる

九州に遠征に行った時に、おもしろいことがありました。試合中、僕がいつもの調子で「いまのはこうやろ!」とか、ピッチサイドで言うと、選手が「いや、ちゃうんですよ。いま相手がこっちに行ったから、僕はこっちに行ったんですよ」って言うので「あぁ、そうか。そんならええわ」ってやりとりをしてたんですね。

そうしたら、試合後にその選手が、対戦相手の九州のチームの選手に囲まれたんです。チームメイトが「○○が相手選手に囲まれてますよ」って報告に来たから、「なんや？」って見に行ったら、質問攻めにあってたんです。

「監督にあんなこと言って殴られないか？」「あんな態度とって大丈夫か？　次の試合、出れるのか？」って。九州の子たちはエエヤツなんで、うちの選手を心配してくれてたんです（笑）。

うちの選手は「いや、あんなん普通やで。全然いけるで」って。それを聞いて、僕たちみんな爆笑してましたからね。九州の子たちからすると、監督と軽口を叩きあうというのは想像できないみたいで、不思議がられますね。僕らからしたら、全然なんてことないんですけどね。

遠征に行くと、宿舎で他の学校の選手と一緒になりますよね。そこでも色々と聞かれるらしいです。「監督、試合中あんなにキレとったのに、なんでいまは一緒に彼女の話をしてるん？」とか（笑）。「彼女いてええの？」とか言われるので「うちは監督から『彼女を作れ』と言われている」と返すと、また驚かれるみたいで（笑）。

僕は選手に「彼女を作れ」と言っているんです。たとえばプロになると、いろんな女の子が寄ってきますよね。その時に女の子に対する免疫がないと、変な女に引っかかったりすることもあるんです。正直な話。

とくにうちは男子校なので、大学に行ったときに、女の子とどうやって話していいかわからない。もしくは女の子が周りにいる環境に浮かれて、サッカーや勉強がおろそかになってほしくない。だから、女性に対する免疫を作るためにも彼女を作っておけよと。もちろん、高校時代に彼女ができたからといって、そっちで頭がいっぱいになり、サッカーに集中できなくなったら本末転倒です。でも、そうなったらそうなったで自己責任というか、プロになりたい、大学でサッカーを続けたいという目標に向けて、自分をコントロールする術を学んでいく。それも高校時代にすべき、大切なことだと思います。

## 高校時代に彼女を作ろう!

3年生には「選手権の予選には、彼女を連れて来いよ」と言っています。そこでみんなで写真を撮って、「お前の彼女可愛いな」とか「こいつの彼女はそんなやな」とか言っています。選手も「監督、どっちの彼女が可愛いと思います?」って写真を見せて聞いてくるので「こっちかな」って言うと「よっしゃ！」とガッツポーズしてますからね（笑）。

高校の時に押さえつけられすぎて、大学生やプロになった時に、どうしていいかわからなくて、ハメをはずし過ぎてしまい、道から逸れてしまう選手をたくさん見てきました。

だから大阪なら梅田、東京なら新宿や渋谷に慣れておかないと、山奥でサッカーボールばっかり追いかけていてもダメなんです。軍隊生活から解き放たれて、崩壊するヤツを今までにもたくさん見てきましたから。だから、適度に遊べよと。

うちは、夏は2週間のオフを目指しています。選手たちには「夏休みは海に行って、女の子をたくさん見とけよー」と言っています。高校時代の青春は今しかないし、禁欲的な生活をしたからといって、全員がプロになれるわけではないですから。人としての幅を広げるためにも、サッカーばっかりやっていてもいいことはないし、オンとオフのメリハリが大切なんだと思います。

## セレッソ大阪と提携し、指導者を招聘

興國はセレッソ大阪と提携していまして、南野拓実や杉本健勇は卒業生です。彼らは興國のサッカー部ではなく、セレッソ大阪のU－18でプレーしていましたが。

もともとは、僕が興國に来る前に、学校がサッカー部を発展させようとして、近隣のＪクラブ、セレッソ大阪に協力を仰いだのがきっかけです。

それが２００３、４年の頃です。僕は２００２年に高知大学を卒業して、当時ＪＦＬの愛媛ＦＣに加入しました。そのとき、15分ほどプレーをしたら貧血で意識を失うという原因不明の病気にかかってしまったんです。だましだましやっていたのですが、そんな状態なので満足にプレーできず、１年で契約満了になってしまいました。いまでもなんでそんな病気になったのかはわかりません。病院で検査したら「どこも異常はありません」と言われて、そんなわけないやろと思っていたのですが、大阪に戻ってきたらピタッと治りました。以降、一度もその症状は出ていません。なにが原因だったのか、いまでも不思議で仕方がありません。

大阪に戻ってきて、体調も回復したので、サッカーを続けようとチームを探し、関西社会人リーグの高田ＦＣ（奈良県）でプレーをしながら、外部コーチとして公立高校で指導を始めました。それが２００３年の頃です。教員を目指していたので、２００４年は別の学校で非常勤講師をやり、２００５年に興國に非常勤で入りました。そのときはサッカー部の顧問ではなく、別の方が監督をしていました。途中からどうしてもと言われてコーチになり、翌年の２００６年から監督になりました。

僕が監督になったときに部員は12人しかいませんでした。そのうち、高校からサッカーを始めたのが7人。いまは全然違いますが、当時はやんちゃな学校だったので、最初は大変でした。

人数が少ない中で中学生に声をかけて、最初に来てくれたのが、たまたまサッカーができて、勉強もできる子たちばかりだったんです。ターニングポイントになったのが、2010年に卒業したサッカー部の選手が、医大に合格したこと。サッカーだけでなく、学業もおろそかにしていないことがアピールになったのか、そこから徐々に入学希望者が増え始めました。

この10年ほどで、学校の雰囲気はガラッと変わりました。今の草島葉子理事長兼校長先生が当時はまだ副校長で、その後現場を一任されるようになってから、学校改革を進めてきました。新しく校舎を建てたり、若い先生を入れたり、いろんなコースを立ち上げて、進学実績も部活動の成績もグングン上がりだしたんです。本当にすごい人だと思います。

## 半年でサッカーに飽きる

僕は1979年に大阪の堺で生まれました。おじいちゃんの影響で小学校2年生の時までは、野球をやるつもりでいたのですが、仲の良かった友達が3年生になると「サッカーをやる」と言い出したので、何気なく見に行ったら、コーチが「一緒にやったらどう?」と声をかけてくれて、サッカーをすることになりました。

僕は学年で一番足が速かったので、初めてのサッカーでしたが、結構うまくプレーできたんですね。そこでコーチも「運動神経ええな。サッカーやったらどうや」と褒めてくれて、そのままサッカー少年団に入りました。

でも、半年ぐらいで飽きてしまったんです(笑)。まず、3年生なので対外試合がなく、練習ばかりだったのと、守備的なポジションで起用されたのが理由です。

というのも、僕のポジションは昔でいうスイーパーだったんですね。足が速かったので、守備を安定させるために、最後の砦として起用していたのだと思いますが、守備が嫌いな僕は「サッカーぜんぜんおもしろくない」とグラウンドから足が遠のき、週末になると親父と釣りばかりしていました(笑)。

小学4年生の夏休み前に「内野はサッカー辞めるのか、続けるのか。聞いてこい」とコーチに言われたと、同級生が僕のところに来たんです。そこで悩んで「やっぱりやるわ」と答えました。それが、僕の人生を決定づけた瞬間でした。

少年団に復帰したとき、コーチに「なんで半年も練習に来えへんかったん?」と言われたので、正直に「守備のポジションがおもしろくないから」と言ったら「ほんなら、好きなポジションをやらしたる」と言うので、ヨッシャ！と（笑）。

ただ、いまでも鮮明に覚えているのですが、本当は1－4－3－3のセンターフォワードをやりたかったんです。でも、長い間練習にも参加しなかったヤツが急に来て「センターフォワードをやりたい」と言ったら「なんやねん、あいつ」ってなるじゃないですか。だから気を使って、一番前ではなく一列後ろのポジション、昔で言う「センターハーフがいい」と答えました。そしたらセンターハーフで起用してくれて、一気にサッカーが楽しくなったんです。守備も攻撃も全部できて、好きなところに動いて良かったので「サッカーおもろいやん」となって、そこから一気にのめり込みました。

## 稲本潤一との出会い

４年生の途中からは、６年生の試合にも出させてもらえるようになったので「俺ってうまいんちゃうん」と有頂天になっていた頃、ひとりのサッカー少年と出会いました。隣のクラブにいた「ゴジラ」というあだ名で呼ばれていたヤツです。

チームメイトが「ゴジラってめっちゃうまいな」と言っていたので「絶対に俺の方がうま

いわ」と思っていたのですが、実際に試合会場に行って見たら、なんやこいつは!?と。1試合に10点取っていたんです。友達に「あいつ誰？」と聞いたら「ゴジラ。稲本っていうらしい」と。そう、稲本潤一です。

僕が通っていたのは大阪府堺市の白鷺サッカー少年団。稲本が通っていたのが、同じ堺市にある青英学園《せいえい》サッカークラブ。互いにライバル視していたのですが、青英学園サッカークラブには稲本の一学年下の選手にも、U－12日本代表に選ばれるぐらいうまいヤツがいました。

あるとき、僕の少年団と稲本のチームが試合をすることになりました。僕はセンターハーフで出場し、対戦相手の稲本はセンターフォワード。センターハーフにはU－12日本代表のヤツ。強烈なメンツを相手に、試合は引き分けに終わりました。僕の活躍によって。

試合後、相手チームの監督に「キミひとりに、うちの二人を止められたわ。すごいな」と言われて、完全に調子に乗りました。俺のほうがあいつらよりうまいやんって。

とにかく僕は足が速かったので、相手チームのボール保持者にすばやく寄せて、奪い取ったらドリブルで相手ゴールを目指すというプレースタイルでした。いまならわかるのですが、当時の僕は足の速さだけでサッカーをしていたんですね。前にボールをちょこんと蹴って走れば相手を抜けるので、テクニックが全然なかったんです。つまり、その頃に身につけなければいけない技術の習得がおろそかになっていました。当時の自分は、そんなことは知る由もなかったのですが…。

## トレセンでレベルの差に愕然《がくぜん》

そのことに気がついたのが、中学2年生で大阪トレセンに選ばれたときのこと。僕がいた少年団はトレセン活動に参加していなかったので、中学に入って初めて選ばれました。そこにも稲本は当然のように選ばれていましたた。2年ぶりの再会だったのですが、あまりのレベルの差に愕然としました。

中学校に上がるときに、稲本はどこの中学なんやろうと思っていたら、あまり聞いたことのない、サッカーの強くない中学校に行くらしいと。そこで、よくよく聞いたら「稲本はガンバに行くらしいで」と友達に言われて「ガンバ？　なにそれ？」という感じでした。

ちょうど、僕らが中1の時に釜本FCがガンバ大阪のジュニアユースチームになったんです。僕はトレセンにも行っていなかったので、そんな知識が全然なく、進学先の結構強い中学校で1年生のときから3年生の試合に出て、大会でも優勝していたので「プロになれるやろう」と思っていた時期でした。

中2のときに大阪トレセンに入って、2年ぶりに稲本と再会したのですが、そのときに「これはあかん、取り返しのつかない差が生まれたな」と痛感しました。

小学生時代はゴリゴリのセンターフォワードだった稲本がボランチでプレーしていたことにまず驚き、すべてのプレーを2タッチでこなしていたことにさらに驚きました。ボールも全然取られないし、判断も速い。とにかくサッカーのレベルが違ったんです。いままでの自分は、足の速さだけでサッカーをしていたことがわかりました。ボールが来たらドリブルで突っ込んでいくだけだったので、大阪トレセンで全然活躍できず、めちゃくちゃショックを受けて落ち込みました。

それともうひとり、大阪トレセンに新井場徹というヤツもいて、とにかくドリブルが上手かった。僕のようなスピード一辺倒ではなく、柔らかなボールタッチで両足を使えて、これまた次元が違うなと。

サッカーに対する知識量が、ガンバやトレセンでやっていた稲本、新井場とは雲泥の差で、自分が井の中の蛙だったことを思い知らされました。

## 背番号14のスーパースター

ちょうどその頃、自分の目が海外のサッカーに向き始めました。Ｊリーグ開幕を2年後に控え、住友金属（後の鹿島アントラーズ）にジーコが加入すると話題になっていた頃です。父親が「すごい選手が日本に来るぞ」と騒いでいたので、テレビでジーコのプレーを見たら「なんやこの選手、めっちゃうまいやん」と。そこから『ワールドスポーツプラザ』で海外選手のビデオを買い始めました。時を同じくしてサッカーマガジンやストライカーなどの雑誌を読み漁り、サッカーショップ『ＫＡＭＯ』の存在を知ったのもこの頃です。お小遣いを貯めて、ビデオやサッカーグッズを遠出して買いに行くようになりました。

当時はペレ、ジーコ、マラドーナ、プラティニなど、スーパースターはみんな背番号10をつけていました。そんななか、ひとりだけ14番をつけている選手がいました。クライフです。中学生の僕は「みんな10番なのに、ひとりだけ14番ってカッコイイ！」と興奮し、一瞬で心をわしづかみにされました。クライフのビデオは３本ぐらい買ったと思います。

１９９０年のイタリアＷ杯で好きになったのが、イタリアのバッジョです。彼に憧れて、ずっとディアドラのスパイクを履いていました。親に「俺もバッジョみたいにポニーテールにしたい」といったら「あんたアホちゃう？　ポニーテールは女の子がすんねん」と言われたこともありました（笑）。

その後、バルセロナが１９９２年にヨーロッパチャンピオンズカップ（現在のチャンピオンズリーグ）でクライフ監督のもとで優勝し「ドリームチーム」と呼ばれていた時代があり、トータルフットボールやアヤックスの基礎を作り上げたといったことがサッカーマガジンに書いてあって、めっちゃ好きになりました。

## 卒論のテーマはフランス代表のサッカー

僕が大学生のときに、フランスが1998年のW杯で優勝しました。2000年の欧州選手権でも優勝して、2001年に日本で開催されたコンフェデレーションズカップでも優勝。当時のフランス代表をテーマに、大学の卒業論文を書きました。たしか、どこのエリアでパスが何本繋がったとか、どこから攻撃が始まったといったことをまとめたように記憶しています。

中学生の時にクライフを好きになってから、戦術に興味を持ち始めました。当時は1－4－4－2の中盤ダイヤモンド型が流行っていて、どのチームもそのシステムだったのですが、僕はずっと「相手が1－4－4－2やねんから、1－3－4－3で戦ったらハメて勝てる！」とチームメイトや顧問の先生に言い続けていました。「なんやそれ？　クライフの戦術？　俺はマラドーナしか知らん」と言われながら（笑）。その頃から理屈っぽかったので、友達や先生に「お前はめんどくさいヤツやなぁ」と言われていました。

小学生時代は副キャプテン、中学時代は「内野がキャプテンをするのは、当たり前すぎる」と言われて別の人がキャプテンになりました。いま思うと、考えが凝り固まっていて、めんどくさいヤツだったんだと思います。顧問の先生も、従順な生徒をキャプテンにしたかったんでしょう。妙にサッカーを研究していて知識があるぶん、指導者からすると鬱陶しいヤツだったと思います。いま自分が指導者になって、当時の自分みたいなヤツがいたら嫌ですもん（笑）。

## 多大な影響を受けた、中学時代の恩師

中学時代のサッカー部の顧問は、至《いたり》孝也先生でした。もともと陸上をしていた人で、サッカーの知識はあまりなかったのですが、やんちゃな中学生を一つにすることに長けた人で、いまでも尊敬しています。

身長は165㎝ほどなのに、バスケットボールのリングに手が届いたり、100mを11秒台で走るというすごい人でした。しかもスキンヘッドで、その筋の方かと思うぐらいの迫力でめっちゃ怖い。

見た目は怖いけど人情味あふれる人で、サッカー部の中で揉め事があったときには「みんなで話し合って、どうするか決めろ」とボトムアップ的な指導をしていて、生徒たちの自主性を重んじる先生でした。その時の経験は、自分が指導者になったいま、めちゃくちゃ役に立っています。

先日、選手権予選の前の練習でふざけている選手がいました。以前から練習に臨む態度を注意していた選手で、その時はさすがに僕もキレて注意し、キャプテンたちに「お前らで話し合って、あいつをどうするか決めろ」と言いました。何度も同じことを繰り返すので、普通のチームだったら一番下のカテゴリーに落とされて、二度と相手にしないという対応をされてもおかしくありません。

でも、僕も他の選手たちもそいつが根はいいヤツだとわかっていたので、キャプテンたちに最終決定を委ねました。問題が起きたときにチーム内で話し合って解決するのは、僕が中学時代に経験した方法です。

選手たちが出した答えが「マネージャーをさせます」というものでした。「そうか、わかった」と言ってマネージャーをさせたのですが、最初はふてくされて、全然ちゃんとやらなかったんですね。

数日するとサッカーができないことがしんどくなってきたのか、マネージャーを頑張るようになって、チームメイトのことを思って行動することができるようになってきました。

ある試合の後には退場した選手に声をかけて、一緒に帰って励ましたりと、チームのためを思う行動が出始めて、チームの「振り返りLINE」にも、すごく考えてコメントをしているのが伝わってきたので「あいつもようやく響くようになってきたから、キャプテン3人で話し合って、どうするか決めろ」と言いました。そうしたら「チームに復帰させようと思います」と言いに来たので、トップチームでプレーさせました。

どんな悪いヤツでも見捨てないというのは、中学時代の恩師の影響が大きいですね。

至先生はヤクザみたいな外見でめちゃめちゃ怖い人だったのですが「先生はお前のことを信頼しているからな」とよく言う人で、問題を起こしたときは「お前は俺を裏切ったな！」と言っていました。一度怒るとめっちゃ怖くて、ヤクザが追い込みをかけているような迫力があるんです。

だけど、それも愛情の裏返しなんだと、僕ら生徒はみんなわかっていました。情に厚くて、どんな不良でも見捨てない。僕の同級生も、あの先生じゃなかったらヤンキーになっていたヤツはたくさんいたと思います。みんな、いまでも先生と連絡を取り合ったりして、つながっています。

中学時代も、見たことのないヤンキーの人たちが「先生！」と言って会いに来るんですよ。

おそらく、高校には行ってないんやろうなという外見の人たちが。

## 練習中に選手にキレる

その先生からは「感情に訴えかけることの大切さ」を学びました。興國の練習を見に来てもらえるとわかると思うんですけど、僕は時折、めちゃめちゃ選手を詰めます。前にパスを出せるのにバックパスをしたときや、判断ミスで味方に迷惑をかけるプレーを繰り返す選手には「なにしてんねん！」と。

めっちゃキレているように見えるので「興國は育成やとか言っているけど、あの監督、選手にめっちゃキレてるやん」とかインターネットに書かれるんですよ。

一般の人が見たらスレスレですけど、選手たちはわかってくれていると思います。なぜなら、練習中に僕が鬼ギレした選手は、絶対に試合で使うからです。大学やプロに行く可能性の高い選手ほど、プレーに関しては厳しく要求します。その姿が、監督が選手にキレているように見えるんですよね。

中学時代の恩師から教わった言葉に「怒られ役」というものがあります。サッカー部の中心選手に「お前らは怒られ役やから」といって、学年集会で静かにならなかったり、全体が

消極的なプレーや判断ミスを繰り返す選手には練習中に鬼ギレする場面も。
期待しているからこそ要求も厳しくなる

ダラダラしているときに、むりくり理由をつけてサッカー部のヤツらを怒っていましたから（笑）。

その先生は「中心選手や、クラスのややこしいヤツらを怒れない先生はあかんねん」と言っていました。いまは堺市内の中学校の校長をされていて、興國にも選手を送ってくれています。「内野大先生、うちの選手獲ってや」とか言いながら（笑）。いまでも尊敬しているし、一緒に飲みにも行く仲です。

## 韓国式サッカーで勝利への執着心を植え付けられる

高校時代（和歌山県・初芝橋本高校）の監督は韓国の人で、とにかく勝つことへの執着心を叩き込まれました。あまりの厳しさに、その頃はサッカーをするのが嫌で仕方がなかったですが、指導者になって「試合に勝つことへの執着って大事なんやな」と改めて思います。

１９９０年代までの日本は、韓国にまったくといっていいほど歯が立ちませんでした。理由のひとつに「勝利への執着心」の差があったのではないかと思います。

僕の高校時代の監督は本当に厳しくて、相手のエースの削り方を練習し、「レッドカードで退場しなかったらええんや」というほどでした。相手に１対１で負けたらどつかれる。「３

点取れよ」と言われて、取れなかったらどつかれる。いまなら大問題ですが、当時はそれがまかり通っていました。

「結果を出さなければどつかれる」という崖っぷちの状態になると、人間は恐怖心を感じなくなるんですね。「もう、やるしかない」というメンタリティになります。自分がいま指導者になって、当時の指導法を真似しようともしたいとも思いませんが、試合に勝つために全力を出すことの重要さを、改めて振り返るきっかけにはなっています。暴力は言語道断ですけどね。そんな母校の今の監督は、高校時代の同級生です。交流を持ち、切磋琢磨しながらともに頑張っています。

ちなみに、高校時代は1－3－4－3に近い1－3－5－2のような、韓国スタイルのサッカーでした。2学年上に吉原宏太さん、1学年上に岡山一成さんがいました。僕は1年生から試合に出してもらっていて、左サイドでプレーしていました。1995年の高校選手権で全国ベスト4に入った時は2試合に出場。国立競技場で戦った準決勝では、吉原さんと交代で出場しました。その試合は鹿児島実業に1対2で負けてしまったのですが、相手FWにのちに鹿島アントラーズに入団する平瀬智行さんがいました。僕たちに勝った鹿児島実業が、静岡学園と同校優勝したときです。

## 決めごとがない大変さを経験

高校時代は「パターン練習」ばかりしていました。1から6まで攻撃のパターンがあり、それに応じてここに走る、ここに蹴るというのが決まっています。あとは個の力でどうにかするだけ。正直、プレーしていてつまらなかったですが、のちにJリーガーになる岡山一成さんや吉原宏太さんなど能力の高い選手がいたので、結果は出たんです。

大学（高知大学）に進むと、高校時代とは真逆のスタイルでした。監督は「サッカーはパスのスポーツなんだ」と言うような人で、選手が主体で運営するという、高校時代とは180度違いました。

最初は「自由でええやん」と思っていたのですが、自分たちですべて決めることの難しさに直面しました。監督が「こうしろ」と言ってくれないので、なかなか方向性が決まらないこともありました。だから、型にはめるのも限度にもよりますが、全否定ではありません。

自分が大学4年生でキャプテンになったときは、明確に方向性を決めたくて、いろいろと細かく要求していったんですね。そうしたら他の部員に反発されたりして、めちゃめちゃ良い勉強になりました。

当時はセリエAの全盛期で、どのチームも1-3-5-2でプレーしていたので、僕は「1

－4－2－3－1でやりましょう。スリーバックの脇にウイングを置いて5バック化させたら、中盤で優位性を保てますし」と先輩に提案したり、うんちくを垂れていたら「わけわからんこと言うな。黙れ」という理由で、スタメンを外されたこともありました（笑）。

高知大学を選んだ理由は、指導者になりたかったからです。中学時代の先生は人心掌握術に長けた、ボトムアップ的指導法。高校時代は結果だけを追求し、しごかれまくり。大学では自主的に運営するという異なる3つのスタイルを経験できたことで、これらをうまく組み合わせたら、いい感じの指導になるのではないかと大学時代から感じていました。だから、この3つが僕の指導のベースになっています。

## サッカーと人間教育

高校年代は、多くの選手が高校の部活でサッカーをしています。部活での指導は、どちらかと言うと人間教育がメインです。しかしヨーロッパの場合「スポーツは学校ではなくクラブでするもの」という考えが主流なので、そのスポーツにまつわることがメインになっています。

でもFCバルセロナの関係者やイニエスタの話を聞いていると、育成スタッフの中に監督やコーチとは違う立場で、選手たちの父親代わりのような人がいます。サッカーは人間がやるものであり、チームスポーツである以上、人間教育の部分は避けて通ることができないものです。

いまは技術や戦術についての情報がたくさん入ってきて、常にアップデートされています。僕もそれを追いかけてブラッシュアップしていますが、サッカーの技術、戦術だけを教えていても、良いサッカー選手は育たない。それは自信を持って言えます。

高校年代の指導は人間教育プラス、サッカーの専門的な知識の両方が必要で、この年代を指導する人は先生であり、サッカーのコーチでもあるのが理想だと思い、そこを目指して頑張っています。

大学時代の同級生に、関東の名門高校で全国優勝を経験した選手がいました。その選手が言うには、とある名監督の名前を出して「うちの高校、実は指導は有名な○○監督ではなくて、その下のコーチがやっているんや。○○監督の練習は3対2とセンタリングシュートだけ。サッカーの指導は大したことないんや」と。

時代の流れとともに、その考えが選手たちの間にも芽生えてきて、その監督は部長になり、サッカーの指導をメインにしていたコーチが監督になったそうです。で、どうなったか。そのチームは全国で勝てなくなってしまいました。

その話を聞いて、なるほどなと思ったことがあります。サッカーの知識があるのは前提だけど、それだけでは絶対にダメ。集団を目的に向かって導く、人心掌握術も絶対に必要なんだと。その名門校はサッカーの知識はコーチが、人心掌握は監督がしていて、そのバランスがとれていたからこそ強豪になり、全国優勝ができたのだと思います。選手に言うことを聞かせて、同じ方向に走らせられる人がいたからこそ、コーチのサッカー指導が選手たちに浸透していったんです。

近年、高校サッカー部において、監督は人心掌握、コーチが戦術や技術を教えるという分業制のチームも増えてきています。それもひとつのやり方だと思うのですが、一方で難しさもあります。というのも、サッカーの知識のあるコーチは、自分の指導で結果が出ると、次は自分が監督としてチームを率いたいと思うからです。でも、サッカーの知識、指導力だけではうまくいきません。人心掌握の部分も絶対に必要なのです。そのバランスは大事だなと自戒を込めて思っています。

指導者も選手と同じく、適材適所です。高校生を教えるのが上手な人、ジュニアを教えるのが上手な人、コーチを指導するのが上手な人など、一言に「指導者」と言っても様々な人がいます。

高校の教員をしながらサッカー部の監督をするのはなかなか大変です。中学生のスカウト、高校生の進路相談、日々の指導など、ほとんどすべてを自分一人でやらなければいけないからです。Ｊクラブのように、スカウトが中学生の選抜をしてくれるわけでも、育成部長が全体の運営を統括してくれるわけでもありません。たまに「一人何役してるんや」と思うこともあります。

その分、得るものも多く、やりがいもあるので良いのですが、学校の先生って、気がつくと王様になってしまうんですね。そもそも日々接しているのが、年齢が20歳以上離れている生徒ですし、監督は組織のトップなので祭り上げられることも多いです。これって結構やばい状況です。気づいたら偉そうになっていますから。

## 常に謙虚でいる努力をする

高校の先生で多いのが、プライドが高くなった結果、他人に頭を下げられなくなっている人です。僕はそういう反面教師をたくさん見てきたので、なるべく謙虚にいることを意識しています。できるだけ、相手の年齢にかかわらず敬語で話すようにしていますし、話しかけやすい雰囲気でいるのは大切だと思っています。

良いサッカー選手を育成するためには、指導者側がサッカーの知識だけでもダメ、人間教育だけでもダメなので、常に勉強の毎日です。サッカーの情報も積極的に取り込みますが、時間があるとビジネス系の本を読んだりもしています。成功した人の格言も好きですし、松下幸之助さんや山本五十六さん、本田宗一郎さんの本を読むと、みんな言ってることは同じなんですよね。

「実るほど頭を垂れる稲穂かな」ではないですが、周りのおかげというのを忘れてはいけません。学校の先生は年下の生徒とばかり接しているので、気がついたら偉そうになってしまうんです。だから、謙虚さをどうやって保つかは、この仕事をしている間は常に意識し続けなければいけないと思います。

成功している人、結果を出している人は全員研究熱心ですよね。それに加えて、人間的な魅力もある。グアルディオラ（マンチェスター・シティ）、モウリーニョ（マンチェスター・ユナイテッド）、クロップ（リバプール）、シメオネ（アトレティコ・マドリー）といった一流の監督の振る舞いを見ていてもそう思います。みんなベンチの前で選手と一緒に戦っています。その姿に選手たちは惹きつけられるんです。何十億と稼いでいる選手たちをまとめて、チームとしてひとつの方向を向かせる。スーパースターにハードワークさせるためには、選手たちを惹きつける魅力とサッカーの知識の両方を備えてなければいけません。

シメオネなんて、スーパースターをめちゃくちゃ走らせていますよね。僕はうちの選手たちをハードワークさせるのにもひと苦労しているので、本当にすごいと思います。アルゼンチン代表の監督をシメオネがやったら、メッシもハードワークしていたかもしれません。

## オリジナリティと差別化

僕は愛媛FCでプレーしていた頃、パート社員として「愛媛トヨタ自動車」の工場で働いていました。そこでカスタマーサービスやクレーム対応、どうやったら車を売るかといった、様々な業務を体験しました。運の良いことに、愛媛トヨタは当時、トヨタグループの中でも社員教育が日本一と言われるところだったんですね。

おかげでたくさんのことを学ばせてもらったのですが、その中でもっとも印象に残っているのが「どうやって差別化をするか」という考え方です。

車のメーカーって、トヨタ以外にもたくさんありますよね。日産でもいいし、マツダでもいいし、ベンツだってBMWでもいいわけです。たくさん同じような車がある中で、どうすればお客様にトヨタの車を選んでもらえるか。それを徹底的に考えていました。そこで出た結論は「他のメーカーにはないカスタマーサービスをするしかない」ということ。とにかく「オリジナリティが大切なんだ」と叩き込まれたんです。

その考えは、興國サッカー部の監督になったときにめちゃくちゃ役に立ちました。

大阪の私立高校は大学の付属やスポーツの名門校など、たくさんあります。興國サッカー部はまだ歴史が浅いので、こちらからアクションを起こさないと選手は来てくれません。興國に来てもらうためには「興國を選ぶ理由」が必要でした。

当時の大阪の高体連には、ボールを大事にして攻める学校が少なかったのと、僕がバルサやクライフが好きだったので「ボールを大事にした攻撃的なスタイルでやろう」と決めました。これが他の学校との差別化です。誰もやっていないことをしないと注目してもらえないだろうと思ったんです。

サッカースタイルで差別化はできるやろうと思い、次に考えたのがブランド化でした。「トヨタの車に乗りたい」というように「興國でサッカーをしたい」という気持ちにさせるためにはどうすればいいか。まずはかっこよくないと、いまどきの中学生は興味を持ってくれへんやろうと考えました。ブランド化するためには、視覚的要素も大切だと思ったんです。

僕が興國の監督になった当時、J GREEN 堺で他の学校の練習を見ていると、全員バラバラのウェアを来ていたんですね。ある選手はACミラン、ある選手はマンチェスター・ユナイテッドという具合に。でも、ワールドサッカーダイジェストなどの雑誌を見ていると、海外のクラブはみんな同じ練習着を着て練習しています。プロのクラブなので当たり前なのですが、「これや」と思って、練習用のウェアを導入し、全員が同じものを来てトレーニングするようにしました。いまでこそ、どこの高校も全員が同じウェアを着て練習をするのは当たり前ですが、少なくとも大阪で最初にそれをしたのは興國だと声を大にして言いたいです（笑）。

当時の高校サッカーのジャージはめっちゃダサかったので、それも変更しました。他の学校が胸に漢字の刺繍で「〇〇」とか入れていたのを横目に、サッカー部のエンブレムを作り、胸元にワンポイントで入れました。そしてジャージもスポーツ関連のものではなく、ファッション寄りのものにして、昔は誰も着ていなかったナイキのジャージを着ていました。

他の学校の生徒や中学生が見たときに「あのかっこいいジャージの学校どこ？」「あのジャージ欲しい」と興味を持ってもらえるようにしたかったんです。

思惑どおり、大学に行った興國の選手が先輩から「そのジャージかっこいいな。くれよ」と言われるらしいです。そこで「いや、これは俺のアイデンティティなんで、あげられないっす」とか言っているようです（笑）。

## 見た目のかっこよさも重要

ユニフォームもミズノにいた知り合いに頼んで、興國用の完全別注のデザインにしてもらいました。そのデザインの評判がよくて、他の学校が真似したり、ミズノのデザインに採用されたりしました。いまは当時のミズノの担当者がアディダスに移ったので、アディダスのウェアを着ています。

ジャージはスポーツ用ではなくファッション寄り、ユニフォームは別注、移動中の靴は蛍光ピンクやイエローなど派手で目立つものにして、見た目も注目されることで「あの学校はなんなんだ」と思ってもらえるようにしました。

ちなみに、10年前はみんなエナメルバッグを使っていたと思うのですが、それも止めてバックパックにしたら、大阪で真似する学校が続出しました（笑）。

どうせならかっこよくしたい。それが差別化にも繋がるし、ブランドにもなる。そう思っていろいろやっていると、「興國みたいにしたい」という声があちこちから出てきているようで、あるときサッカーショップに行ったら、店員さんから「興國のジャージと同じデザインのやつある？　黒のジャージに黒で文字を入れているの、やりたいんやけどって、何件も注文が来たんですよ」って言われました。

ウェアにこだわりだしたのには、きっかけがあります。あるとき、バスで遠征に行った静岡県のインターチェンジで藤枝東高校のユニフォームが売っていたんです。これやと。自分たちとは関係ない場所で、ユニフォームが売られるようになりたいなと。そのためには他と同じではダメ。オリジナルでないと、と思ったんです。

## ウェアに独自のメッセージを入れる

それから、街に出るたびに洋服屋さんのショーウィンドウを見たり、看板のメッセージを見たりして研究しました。

興國のアイデンティティを選手たちと共有したいので、毎年ジャージやＴシャツに文章を英語で入れています。

今年のＴシャツには「Train the brain not the body」（頭を鍛えろ。身体ではなく）と入れて、去年は「May the Football fourth be with you」（サッカーの魂はキミとともに）。はい、スターウォーズのパクリです（笑）。

当初からずっと入れているのは「ENJOY FOOTBALL」（サッカーを楽しめ）と「THANKFUL TO PARENTS」（親に感謝）。本などで見たかっこいい言葉をGoogle 翻訳して、それを英語の先生に見てもらって、Ｔシャツにプリントしています。

サッカーとは関係なく、僕が好きな言葉に「常識とは18歳までに身に付けた偏見のコレクションである」というアインシュタインの言葉があります。これもエンブレムの下に文字で入れているのですが、国によって文化も違えば考え方も、価値観も違います。とくにサッカーは世界的なスポーツなので、常に自分の考え方は正しいのか、いままで身につけてきたものが正しいのかと、自問自答し続けるべきだと思うんです。

たとえばキックの蹴り方にしても、僕が30年前に習った、サッカーの教本に載っていたものの中には、実は正しくないものもあります。日本人とヨーロッパの選手の蹴り方は違います。日本の常識が海外では非常識だったり、その逆もあります。だから、常に貪欲に学び続け、常識を捨ててアップデートしなければいけない。それは声を大にして言いたいです。

## ジーパン監督と呼ばれて

日本の常識として「サッカーの監督はジャージを着ている」というのがあります。でもスペインに行ったときに、当時バルサBの監督をしていたルイス・エンリケ（後のFCバルセロナ監督）はダメージジーンズに革ジャンでベンチに座っていました。日本ではありえないでしょう（笑）。ブラジル代表の監督もジーパンにジャケットでしたし。僕もそれを真似して、一時ジーパンを履いて試合のベンチに座っていたんです。周りからは「ジーパン監督」って言われていたんですけど（笑）。「今日はジーパン履いてへんのか？」と半笑いで先輩からいじられることもありました。

その姿を見た人の中には、「興國の監督は頭がおかしい」「ジーパンを履いてベンチに入る監督のもとに、うちの子どもを行かせたくない」とかいろいろ言われるわけです。そんな人には「じゃあ、あなたはルイス・エンリケに誘われてもバルサに行かないんですね？」と逆に聞きたい。それこそ偏見なんです。「だって、ルイス・エンリケはダメージジーンズを履いて、革ジャン着てベンチに座ってますよ」と。

これはひとつのエピソードに過ぎませんが、日本サッカーの常識は世界の常識ではないんですと。世界にはいろいろな考え方があるし、人と違ってもいい。それは選手たちにも伝えたいことですし、今後も言い続けたいと思っています。日本サッカーの発展を願って。

# 第3章

# プロになるための進路の選び方

## 3年後の自分をイメージする

仕事柄、進路について多くの相談を受けます。中学生や親御さんには「まず、この学校に3年間通うことをイメージしてみてください」という話をしています。

希望の学校の練習に参加して、その場所で3年間練習をするイメージを持つこと。そして「その学校で活動して、3年後に自分がどうなっているかを、明確にイメージできるところに行った方がいいと思いますよ」と言っています。

3年後のビジョンが描けないのに、ネームバリューに惹かれて行っても良いことはないと思います。目標が「選手権やインターハイなどの全国大会に出て、優勝すること」であれば、大阪府内の私立であればチーム力は拮抗しているので、どこに行ってもチャンスはあると思います。

ただ、興國に興味があるという中学生に「目標はなんですか?」と聞くと「プロになること」と答える子が多いんですね。他の学校やJクラブと興國とで悩んでいるのであれば、「プロになりたいのなら、そのチームからどういう選手がプロになっているのかをまず調べてみたら?」と言います。

東大に入りたい高校生が塾を選ぶ際、毎年10人東大に入れている塾と0人の塾がある場合、間違いなく10人の方を選びますよね。それと同じです。目標が全国大会で優勝することであれば、何度も優勝している学校に行けばいいですし、プロになりたいのならプロをたくさん輩出している学校に行けば、自分もそうなる可能性は高まります。

中学生だと、漠然と「全国大会で活躍すればプロになれるだろう」と思っている子も多いんですね。でも、決してそうではありません。実際に興國は一度も全国大会に出たことはありませんが、毎年プロ選手を輩出しています。それよりも、その学校やクラブが実践しているサッカーのスタイル、プレーモデルを3年間自分ができるのか。やりたいと思うのか。それをすることで、自分はどんな選手になれるのかをよく考えた方がいいと思います。

いまの時代は全国大会に出なくても、様々な大会にプロのスカウトが足を運んでいますし、目利きのスカウトの方もいるので、チームの成績や個人の実績（選抜、代表歴など）に関係なく、自分の目で見て良いと思ったら、Jクラブの練習に呼ぶという流れになっています。

興國の試合にもたくさんのスカウトの方が見に来てくれますが、話を聞くとみなさん口を合わせたように「チームの結果も見るけど、それがすべてではない。自分のクラブに入れて、どう成長していくか。どんな武器になるかを見ている。全国大会に出た、出ていないは関係ないですね」と言っていました。この言葉は僕の育成スタイルに、大きな影響を及ぼしています。

## 自分はどんな選手になりたいかを考える

中学生にアドバイスをするならば、第一に「自分がどういう選手になりたいかをイメージしましょう」です。自分の特徴を見極めて、そこを伸ばせそうなチームに入った方が、プロになるというゴールを見据えた時にはいいかもしれません。ネームバリューに惹かれて行くのではなく、サッカースタイルや自分と似たようなタイプの選手がどんなプレーをしているかを、よく見た方がいいでしょう。

プロから声がかかるのは最長で高校3年の秋なので、高1の入学時から逆算すると、2年半ぐらいしかないんですね。そう考えると、あやふやなことをしている時間はないし、プロから声がかかるレベルになるためにはすべきことがたくさんあります。

興國はボールコーディネーションという、ボールテクニックと身体の動きをスムーズに繋ぐ練習を徹底してやります。

基本はドリブルとパスコントロール、対人の練習です。でも、試合になるとほとんど2タッチ以下で、素早い判断のもとにボールを動かしていきます。中学生で練習に参加した子に「ドリブルや対人の練習ばかりしたけど、ゲーム形式の練習をしてみてどうやった？」と聞くと「みんな2タッチぐらいでボールを動かしていました。めっちゃうまかったです」と。「せやろ。この練習を3年間やると、こうなんねん。キミがうちでサッカーをしたら、どんな選手になれると思う?」と言うと「スピードがあってドリブルがうまくて…」というように、具体的に未来像を描くことができます。

この練習を3年間続けると、3年後の自分がどうなるかという、具体的なイメージを描くことのできるチームに行った方がいいと思います。努力には方向性が必要で、目的にそぐわない努力をしても、目指すべきところには行けません。

2018年の在学中に、レノファ山口と契約して、2種登録した起海斗は技術があってドリブルが上手く、スピードのある選手です。彼には「マルセロになれ」と言って、動画をたくさん見せました。そうやってイメージを持たせると、努力もしやすくなります。一方で、漠然とイメージもないまま強豪校やJクラブに入って、大勢の中で「努力しろ」と15、16歳の子に言っても、無理があると思うんです。

そもそも、日本のユース年代の指導者のほとんどが、全国優勝もしくは都道府県で優勝することを目標にしています。でも、選手の目標は何でしょうか?　プロになりたい子は、大会で優勝することができれば、プロになれなくても満足なのでしょうか?　そこは、一度自分でよく考えた方がいいと思います。

## 練習参加で衝撃を受ける

２０１８年度の1年生に、中学3年のときに、いくつものＪクラブや高体連の名門校から誘いを受けた末、興國に入ることを決めた選手がいます。樺山諒乃介です。２０１８年の6月に、Ｕ－16日本代表にも選ばれました。

名だたるＪクラブ、高体連の名門から誘われた彼が、なぜ全国大会に一度も出たことのない興國に入ることにしたのか。その理由を聞くと、こう答えました。

「いくつかのＪクラブ、高体連の練習に参加させてもらいましたが、中学時代に所属していたクラブのような練習をしていると感じるチームはありませんでした。唯一、興國の練習だけ、サッカーの頭のレベルでついていくことができなかったからです」

彼は大阪のＲＩＰ ＡＣＥという街クラブの出身なのですが、そこの指導者が研究熱心で、非常にサッカーの本質を突いたトレーニングをしているんですね。それもあって、サッカーインテリジェンスが高い選手なのですが、ＲＩＰ ＡＣＥと同じような練習をしているチームが興國以外なかったと。

それと「いろんなクラブや高体連の練習に参加して、すごいと思った選手はいなかったけど、興國の西村くんと大垣くんはバケモノだと思った」と。西村は卒業後に清水エスパルス、

U-16日本代表にも選出された期待の1年生・樺山諒乃介

大垣は名古屋グランパスに進んだ選手です。

それと、彼の中学時代の先輩に村田透馬（2018年の在学中にFC岐阜と契約し、2種登録の末Jリーグデビュー）がいるのですが、「中学時代に知っていた透馬くんが、別人のようになっていた」というのも決め手のひとつだったようです。「中学時代はただ速いだけの選手だったのに、足元の技術もめっちゃうまくなっててビックリした」と。生意気ですよね、先輩に向かって（笑）。

興國の練習ではボールコントロールの技術、スピード、素早い判断を高めていきます。彼が練習参加したときに、「めっちゃ頭を使いました。他のチームはなんとなくボールを動かして、前に蹴って味方に当てて落としてという感じだけど、興國は指示もすごいし、誰をマークすればいいかもわからないぐらい流動的に動いていて、大変だった」と言っていました。色々なクラブや学校に練習参加をした結果、興國しかないと思って決めてくれたようです。

## 高体連に進むメリット

「高体連かJユースか」という議論がよくされます。僕は高体連の人間なのでバイアスがかかっているかもしれませんが、高体連の良いところって結構あると思うんです。たとえば、いまの子たちって、みんな「プロになりたい」と言いますが、「Jリーガーになりたい」というよりも「(ヨーロッパのクラブでプレーする) プロになりたい」という気持ちが強いんですね。香川選手や原口選手、乾選手のように、ヨーロッパのトップリーグでプレーする選手、欧州チャンピオンズリーグでプレーする選手になりたいという夢を持つ子が多い。

また、近年は高校を卒業して、ドイツやスペインの下部リーグのクラブに入り、そこからステップアップをして、ブンデスリーガやリーガ・エスパニョーラにチャレンジしようという、日本の高校生も出てきています。

Jユースに所属する選手だと、「ユースを卒業して海外に行く」というコースを辿るのは、少し難しいですよね。育ったクラブに恩も愛着もあるし、フロントも長年かけて育成してきた選手を将来の主力にしたいと考えているので、まずはトップチームに昇格させます。

ただし、18、19歳でトップチームに昇格したとしても、公式戦にすぐ出場できるわけではありません。若手を積極的に起用する外国人監督なら可能性がありますが、多くの場合はなかなかチャンスが巡ってきません。とくにJ1の強豪クラブになればなるほど、優秀な外国人選手や日本代表クラスのタレントがいるので、その傾向は顕著です。

ガンバ大阪にいた井手口陽介選手(グロイター・フュルト)のように、ユース時代から頭角を現して、早々にトップに昇格できるのであれば一番良いのですが、そうでなければチャンスを掴むのが難しいのが現状です。実力勝負の世界なので、18歳の選手と30歳の選手が同じ土俵で戦わなくてはいけませんから。

ビッグクラブほど、ユースの各学年に優秀な選手がいるので、一つ上にも一つ下にもライバルがいます。その結果、必要以上にプロ入りが狭き門になっているのです。

その点、日本にしかない高体連という制度は、見方によってはチャンスに溢れています。というのもJクラブに一度所属してしまうと、他のチームに移籍する際に「違約金（移籍金）」が発生します。

現状、日本の18歳、19歳の選手を移籍金を払ってまで獲得しようとするヨーロッパのクラブがあるかというと、疑問符が付きます。彼らからしてみれば「タダなら獲ってみて、良い選手だったら儲けもん」ぐらいの感覚だと思います。高体連に所属していれば、国内も海外もオファーさえあれば、行きたいクラブを選ぶことができます。選択肢の多さは、ひとつのメリットと言えるのではないでしょうか。

## 保護者は子どものカーナビにならない

興國サッカー部は入部時に、1年生と保護者を集めて「入部前説明会」を行います。この場では部の説明やサッカースタイルなどの話をするのですが、僕が保護者の方に言うのが「息子さんのカーナビになっていませんか？」ということです。

カーナビ通りに行けば、目的地に簡単に着くでしょう。でもそれが、息子さんにとって本当にベストな道なのでしょうか？

道を間違えることによって、より良い道を覚えるんじゃないですか？　道を間違って、行き止まりになったときに「こっちちゃうわ。あっちの道に行こう」というのも経験ちゃいますかと。

保護者は子供より経験があるぶん、「こっちに行ったほうがいい」とアドバイスができますが、その指示通りに動いていても、経験値が溜まらないですよね。カーナビに頼っていたら、道をまったく覚えないのと同じです。しまいには、カーナビがないとどこにも行けなくなる。そんな子どもにしたいんですか？　と。

渋滞にはまったり、事故で道がふさがったときに、カーナビに頼っていては前に進めません。ナビには無い抜け道を瞬時に思いつき、「この道で行けば大丈夫」と思えるかどうか。そのためには普段から自分で考えて行動して、経験を積み重ねていくしかないんです。

保護者がすべきは、東京に行きたいのに、九州の方を向いて走っていたら「おい、そっちちゃうで」と教えてあげるぐらいでいいんです。大阪から東京に行くのに、中央道で行こうが、新東名で行こうが、どちらでもいい。そこは子供に任せましょう。でも、山陽道を走っていたら「そっちちゃうで」と。極端な話、大阪から新潟経由で日本海を回っても、東京に着きますからね。めっちゃ時間かかりますけど（笑）。

軌道修正するべきは、子供が目標から真反対を向いている時。それ以外は口出しせず、基本的には放っておくぐらいでいいのではないでしょうか。

## 子供の不満を聞いてあげる

息子さんの試合を見に来るのは大歓迎。保護者にも「見に来てあげてください」と言っていますが「サッカーのことに関しては、あまり言わないであげてください」と念を押しています。

それよりも、息子さんが、僕ら指導スタッフに不満があるのであれば、文句を聞いてあげてください。そこで、「そうなんや、大変やな、頑張りや」と言ってあげるだけで、ガス抜きになりますから。

そこで一番やってはいけないのが、子供と一緒に指導スタッフの文句を言うこと。そうなると、軌道修正ができないので伸びません。「監督にそんなこと言われたんか。大変やな」

と聞いてあげて、どうしても我慢できなければ、子供の知らないところで、僕に直接意見を言いに来て下さい。

ただ、誤解してほしくないのは、あなたの子供のために興國サッカー部があるのではないということです。チームの理想を追求するために選手がいて、僕はその理想を追求するために、チームのプレーモデルをより高いレベルで実行できる選手を選ぶわけです。そこで、「いや、私の理想はこうだから」と選手や保護者から言われても、僕にはどうすることもできません。

保護者は子供のサポーターでいてあげてほしいと思います。負けている時はめっちゃ応援して、勝ったらめっちゃ喜ぶ。いいサポーターになってください。評論家はいりません。保護者が評論家になって「監督のサッカーはこうだから」と言い出すと、子供も頭でっかちになって、現実から目をそむけてしまうんです。

自分の技術や努力が足りていないのに、監督のせいにしてふてくされてもいいことないですよね。社会に出たときに、上司は選べません。でも、自分で入りたくてその会社の面接を受けたわけですよね。それならば、どうすれば上司に認められるか、自分に求められているものはなにかを考えながら、努力をしていくしかないんです。

## プロに進む選手の保護者に共通すること

興國からプロに行った選手の家庭に共通しているのは、保護者が明るくて、試合をよく見に来てくれていたことです。すごく応援し、サッカーのことについては一切口出しをしませんでした。僕とも友好的にコミュニケーションをとりますし、こちらからしない限り、サッカーの話はしません。「監督、元気？　いろいろ大変やね」みたいな感じで、世間話をしてケラケラ笑っています。

たまに僕が「ちょっと、おたくの息子さん、僕のことなめてますよ。この前、こんなこと言われたんですけど（笑）」とかフランクに話して「あら、すんません。私からも言っておきますんで」みたいな。これも大阪のノリですよね。

ただ、子供が入学する前には、すごく熱心に質問をする方もいます。進路のことやケガをしたときにどうするのかなど、親の立場として心配なこともありますからね。でも、入学した後には一切言ってきません。プロに行く選手、大学で活躍する選手の保護者は、99％そのタイプです。

なかには自分も若い頃はサッカーをしていて、詳しいお父さんもいます。僕に対して、言いたいこともあるのではと思いますが、ほとんど何も言ってきません。「いつもありがとうございます」みたいな感じで、僕も「こちらこそ、ありがとうございます」というようなスタンスですね。だから、僕としても選手に気を使わずに指導ができるんです。「こんなことを言ったら、親からクレームが来るかな?」と少しでも頭をよぎったら、言葉を選んでしまいますよね。そうすると指導するタイミングを逃すし、こっちの本気も伝わりきらないんです。

ガツンとぶつかることができると、遠慮なく言えるし、深く関わることができます。だから、選手も本気になってくれるんだと思います。

## 親の言動で子供のチャンスが潰れる

才能がある選手の中に、親の関わりによってダメになる子はたくさんいます。

例えば、あるジュニアユースの監督さんから「お前のところに○○って選手、練習に行ってるやろ? あいつ獲得するんか?」と言われて「なんでですか?」と訊くと「あいつの親、口出ししてくるので、だいぶややこしいらしいで。監督が息子にあんなこと言った、こんなこと言ったとふれ回っているらしい」と。直接、その選手が所属するチームの監督は言って来ませんが、周辺の人から伝わってきます。

そう言われても、僕には関係ないので良いと思った選手は獲りますが、その選手はかわいそうですよね。親の言動で子供のチャンスを潰すことになりかねませんから。

長いこと指導をしていると、保護者と言い合いをすることもあります。

ある年の保護者から、試合中にＬＩＮＥのメッセージが１００件近く来たことがあります。マジですよ。「なんでうちの子、メンバーから外してん」とか「なんでそのポジションなん？」とか。そう言われたら、僕も真っ向勝負です（笑）。

「それはサッカーの見方や価値観、評価の違いや。あんたの息子のためにチームがあるんちゃうぞ。あんたの理想はそうかもしれんけど、我慢しとってくれ。あんたの息子の為にチームがあるわけじゃない。あいつの成長を待って、チームが負けるわけにはいかへんやろ」と。口は悪いですが（笑）。

言い合うとスッキリするのか、その保護者はいまだに連絡をくれますし、興國の熱心なサポーターになってくれています。

親が指導に口出しをすると、結局子どもが損してしまうんです。親のプレッシャーが嫌で、指導者が関わらなかったり、気を使って指導をしても成長できません。

結果、性格的にあまちゃんになって、頑張りがきかない。ちょっとうまくいかないと、プレーがダメになったり。試合に出られないことに慣れていなくて、ふてくされてしまったり。

そんな時期を過ごしてしまうと、高校や大学など、親が出て行けない環境になった時に、頭打ちになってしまうんです。自分で自分を高めていく術を持っていないので、どうすればいいかがわからない。親がカーナビになったツケが回ってくるんです。

子供に間違っていない道を行かそうとした結果、ナビがなくなった時にどの道を行けばいいかがわからなくなってしまうんです。どの道を通ったのか、目的地に着くまでに何があったのか。その経験が血となり肉となるわけです。うまくいかない時に、どうやって解決するか。乗り越えていくかを学ぶのは、サッカーに限らず人生でも重要なこと。高校生はそれをサッカーの中で体験しているわけです。そう考えると、親が出て行って、障害を取り除いてあげる必要はまったくないのです。

指導者も人間ですし、選手を下手にしようと思って指導しているわけではありません。それに指導方針が間違っていたら、これだけ毎年プロ選手が誕生してはいないでしょうし、300人近い部員も集まらないでしょう。この時代、悪いことがあれば一瞬で広まってしまいます。たまには間違うこともあるかもしれませんが、大局的に見て良い方を向いているので、これだけ多くの生徒が来てくれていると、僕は思っています。

## 家庭環境が子供のプレーに及ぼす影響

子どもは家庭環境にすごく敏感です。この選手、なんか最近イライラしているなと思って、それとなく聞いてみたら、「実は両親が家で喧嘩ばかりしていて…」と打ち明けてきたことがありました。実際に、その選手は集中力に欠けるプレーばかりで、チームメイトにやつ当たりをしたり、相手チームの選手を削ったり…。これはあかんと思って、その選手の母親に電話して、「息子さんの精神面が不安定です。ご両親で一度、しっかり話し合いをしたらどうですか」と直談判したこともありました。

一時は「僕、サッカー辞めます」と言うところまで行きましたからね。そこで親同士でしっかり話をしてもらって、関係性も円満になった結果、プレーも見違えるように良くなりました。そして、その選手には「サッカー辞めます」って言った一ヶ月後に、プロからオファーが来ました（笑）。

僕はその選手に言いました。

「俺に感謝しろよ。あのとき、お前のお母さんに電話してお願いしなかったら、サッカー辞めてたんやからな」って。そうしたら「はい、感謝しています」って殊勝な顔で言ってくれましたね（笑）。

## 身体を思い通りに動かす練習をする

中学生に「どういう練習をすればいいですか？」と聞かれることがあります。興國のサッカーに触れている選手であれば、ボールコーディネーションのトレーニングをしてほしいと思っています。ほかに大切なのは、空間認知を高める能力です。ロングボールをどう処理するか。ヘディングなのかトラップなのか。ボールコーディネーションの練習メニューでは、向かい合って20ｍほど離れたところからボールを蹴って、胸や足でトラップして、ボールを落とさずリフティングでつないで、相手に返すというものがあります。ボールコントロール能力はもちろん、落下点を読む力も養えます。

小学生に関しては、身体を自分の思い通りに動かすことが大切なので、サッカー以外のスポーツもした方がいいと思います。たとえば体操教室に通って、前転や側転など、色々な動作ができるようになることで、そこにボールが加わったときにスムーズな動作ができるようになります。

ドリブルならドリブルに特化した練習だけをしていると、その能力は高まるかもしれませんが、全体的な運動能力の向上にはつながりません。ケガ予防の観点からも、様々な動きを

ロングボールを蹴り合い、ボールを落とさないよう
リフティングで繋ぐ「対面ロングリフティング」

するトレーニングがいいと思います。

## サッカーの試合を見てイメージ力を高める

サッカーの試合を見るのも大事なことだと思います。「なんでイニエスタはあのコースにパスを通せるんだろう？」「メッシはなぜあの位置にいるんだろう？」と、選手の認知や判断にフォーカスして見るのも立派なトレーニングだと思います。

なぜメッシがフリーでボールを受けられるのか。世界一の選手なので、相手チームは厳しくマークをしようとしますよね。でも、ペナルティエリアの手前でパスを受けて、自ら突破してシュートを決めてしまう。

なぜマークを簡単に外せるのかというと、メッシはあまり動かないからなんです。バルセロナのスタイルとして、ボールを動かして相手の守備陣形を揺さぶり、スペースができたところでメッシにパスを入れます。左右にボールを動かすと、相手のディフェンスラインも左右に動きますよね。相手が動いているときに、メッシは動かずに止まっているからフリーになれるんです。メッシがボールに合わせて動くと、味方はそのつどメッシを探さなければいけません。でも、メッシはマークする相手の視界から外れて止まっているので、味方は探さなくてもパスを通すことができるんです。

このように「シュートがすごい」「ドリブルがすごい」という視点だけでなく、「なぜいまのプレーが成功したのか?」と選手のイメージや判断まで掘り下げて見ると、多くの発見がありますし、自分のプレーに活かすことができると思います。

## 特徴的な武器を身につけてほしい

中学年代の指導について、高校の指導者の立場から言わせてもらうと、プロのスカウトが選手を獲得する時と同じで、何か特徴的なものを身につけるようにして欲しいなという思いがあります。

クラブに明確なプレーモデルがあって、たとえば守備ならば守備を追求して、戦術的に守ることができる選手。もちろん、ドリブルに特化していてもいいと思うんです。そのクラブはどんなプレーモデルなのか、どんな選手を育成しようとしているのかが明確になるといいのかなと思います。

おそらく、多くの指導者の方が試合や大会で結果を出すこと、つまり勝つことに多くの意識を向けておられると思いますが、そのわりには守備の戦術、攻撃の戦術があるわけでもなく、能力の高い選手に頼ったサッカースタイルなのではという場面を目にします。

できれば、クラブとしてのプレーモデルがあり、それに即した選手を育成するようにしていただけると、選手を選ぶ立場の人間としては「このクラブにはスピードに乗ったドリブルが武器のアタッカーがいる」「対人守備に強いセンターバックがいる」というのがわかりやすくて良いなと思います。そうすると、そのジュニアユースのクラブに入ろうとする小学生にも、イメージを持ってもらいやすいと思うんです。それに関しては、勝利よりも徹底してほしいと思っています。

そもそも、日本のサッカーにはプレーモデルがよくわからないチームが多いですよね。全力で走って、蹴って、能力の高い選手に頼ったサッカーをしているチーム、多くないですか？　試合に勝たないと部員が入ってこないという切実な、指導者の生活に直結する問題があるので、勝利は度外視するべきとは言えませんが…。

それにしても、このチームはどういうサッカースタイルで、どういう特徴があって、このチームの選手は何ができるの？　何が得意なの？　というのが明確になっていないことが見受けられます。そこは育成年代の指導者がこだわるべきところなのではないかと思います。

## 小中高でプレーモデルがぶつ切りになる

高校サッカーの名門校には、そのチームならではのプレーモデルがあります。たとえば、静岡学園や野洲（滋賀県）はテクニカルな選手を多く育てていますし、市立船橋（千葉県）からはゴールキーパーやセンターバック、ボランチでプロになる選手が多いですよね。東福岡からはウイングなどのサイドアタッカーがプロになっています。それは各高校の監督が長くチームを見て、プレーモデルがしっかりとあるからだと思います。

ヨーロッパや南米の場合は、そもそもクラブでサッカーをするので、ジュニアからジュニアユース、ユース、トップとプレーモデルや育成哲学を共有しやすい傾向にあります。しかしながら、日本でそれができるのはＪクラブを中心に、限られたクラブだけです。プロになった選手の経歴を見ても、小学生時代は少年団、中学時代はＪのジュニアユース、高校は高体連で、大学経由でプロになるという形だと、学校の区切りごとに異なるクラブでプレーすることになります。多様なプレーモデルに触れられるという良い面もあると思いますが、年代ごとに指導が完結してしまう傾向にあります。

ジュニアの指導者はジュニアの理想を追いかけていて、ジュニアユースの指導者はジュニアユースの理想を追いかけている。それも悪いことではないのですが、指導がそのカテゴリーで完結してしまうと、選手が将来どうやって成長していくのかというところまで目を向けずらいですよね。

## 上のカテゴリーで異なるスタイルになると、特徴を活かしきれない問題

よくあるのが「うちのジュニアユースから育った選手を活かしてくれる高体連のチームがない」という指導者の嘆きです。事実そういうこともあるとは思いますが、上のカテゴリーに行ったときに、ジュニアユースで身につけたものを活かしきれないのであれば、育成としてどうすればいいかを考えるべきだと思うんです。

たとえば、小学生年代に徹底的にドリブルばかりしているチームの監督が「うちの選手たちが活きるジュニアユース、ユース年代のチームがないんです」と言う。その気持ちはよくわかります。僕も同じです。興國でポゼッションを中心としたサッカーをしていますが、大学やJのクラブに行った卒業生から「頭の上をボールが行ったり来たりしている」「興國でやっていたサッカーと全然違うので、自分の良さが出せない」という相談を受けたことがありました。それで「おもしろくないんで辞めます」と言って、推薦で入った大学を辞めた選手もいます。

たしかに、その選手や僕からすると、頭の上をボールが行ったり来たりするサッカーは辛いですが、それもサッカーなんです。チームのために選手がいるのであって、選手のために

チームがあるわけではありません。それはメッシなどの超一流選手に限った話です。

興國でやってきたサッカーとあまりにも違うサッカースタイルに戸惑い、つまらなくて辞めてしまう。その事実を目の当たりにしたときに、いままで自分がしてきたことは自己満足やったんかなと思いました。

バルセロナのカンテラ（育成組織）出身の選手って、他のクラブで活躍しているイメージはないですよね？　でも、レアルのカンテラ出身者は他のクラブでも成功しています。

つまり、ひとつのスタイルに特化することは、哲学としては当然持っておくべき必要なことではあるのですが、サッカースタイルはひとつではないので、色々なスタイルに適応できる幅をつけさせることも、育成年代ですべきことではないかと思ったんです。

## 生き残るのは変化に適応できる選手

そう思ってトレーニングを変え始めたのが、2015年頃からです。僕としては、プロになる、ならないは関係なく、できるだけ長くサッカーを続けてほしいと思っています。

その面からも、日本でサッカーをやる以上、大学やJクラブのサッカーを見据えるのも、指導者としては必要なことなのだと、卒業生の姿を見て感じました。あれだけ大好きで、必死で取り組んでいたサッカーを辞められるのは、僕にとってはほんまにショックなんです。

ボールポゼッションや足元でパスを繋ぐことにこだわりすぎたのかなと思いながらヨーロッパのサッカーを見ていると、バルセロナも監督がグアルディオラからルイス・エンリケになって、縦に速いサッカーも取り入れるようになりましたし、グアルディオラのスタイルも、マンチェスター・シティに行って変わりましたよね。ボールを繋ぐ場面もありますが、チャンスになったときの縦のスピードアップは非常に速いものになっています。

このように、サッカーのトレンドはどんどん変わっていきますし、興國のスタイルに対応するために、大阪の高体連のチームも対策を練ってきます。そのためにどうすればいいかというモデルチェンジも、徐々にし始めています。

毎年、スペインに遠征に行くのですが、行くたびにスペインサッカーの変化を感じます。やはり、生き残るためには、自分たちの考えを貫くだけでなく、状況に応じて変化をし、環境に適応する能力も必要です。大学やプロに進んだ選手も同じで、「自分は高校時代にこういうサッカーをしてきました」と言ったところで、誰もそんな意見は聞いてくれません。プロ選手は監督の要求に応えるプレーができなければクビになる。厳しい世界です。

監督も同様に、結果を出せなければすぐに変えられます。1ケ月で監督が変わり、戦術がガラッと変わることもありえます。その中で生き残って行くのは、どんなプレーモデルにも柔軟に対応できる選手なんです。

興國はポゼッションをベースとした、攻撃的な仕掛けを繰り返すスタイルを標榜していますが、守備ブロックをしっかり敷いて、守ってくるチームもあります。そこにあるのはスタイルの違いで、僕たちは攻撃的なスタイルを選んでいるにすぎません。

選手たちに「守り倒すサッカーも、蹴って走るリアクションサッカーも悪いことではない。そこにリスペクトは必要やで」と繰り返し言うことで、彼らの意識も変わってきています。

# 第4章

# 日本のサッカーが強くなるためにすべきこと

## 「育成のプロ指導者」の必要性

選手、指導者、環境。この3つが揃って、良い選手が育ちます。僕はU－18カテゴリー（高校生）の指導をしていますが、「育成年代の指導ライセンス」を作ってもいいのではと思っています。ドイツには「エリート・ユースライセンス」というドイツサッカー協会が発行している、育成年代の指導者向けの指導ライセンスがありますが、「育成のプロ」をもっと育てていく必要があると思うのです。

というのも、Jクラブのアカデミーを見ていても、育成年代の指導のプロはほとんどおらず、数年のユース、ジュニアユースの監督やコーチを経て、トップチームの監督・コーチになったり、他チームのトップチームの監督・コーチを務めるケースが多いように思います。言い方は悪いですが、アカデミーの指導が腰掛けのようになっているように、外からは見えてしまいます。アカデミーは選手を育てる場であって、コーチを育てる場ではないと思っています。結果的に、選手を育てることで指導者も一緒に成長し、育つのです。その順番を履き違えてはいけないと、自戒を込めて思います。

関東や関西には、ジュニアやジュニアユースのクラブを持ち、サッカーの指導を主な収入源として生活している「プロのコーチ」がいます。表立ってフォーカスされることはありませんが、草の根を支え、良い選手をＪクラブや高体連に送り込んでいる彼らこそ、本当の意味で「育成のプロ」だと思っています。興國にもそんな指導者に育てられた街クラブ出身の選手が、たくさん来てくれています。

もっと、草の根を支える指導者が報われてもいいのではないか。そのような制度が必要なのではないかと強く思います。

たとえば、選手の育成費について。高体連のチームの選手がＪクラブに加入すると、育成費として、１人あたり90万円がクラブから学校に支払われます。２０１８年までは、ジュニアユース（中学生）、ジュニア（小学生）年代のクラブには１円も支払われませんでしたが、来年以降、Ｊ１は高校に90万円、中学に30万円、小学校に10万円。Ｊ２は高校に60万円、中学に15万円、小学校に5万円、Ｊ３、ＪＦＬは高校に15万円、小中学校に０円と、下のカテゴリーまで育成費が支払われるようになりました。

この金額の多寡は別の議論になるので触れませんが（笑）、ジュニアユース、ジュニア年代まで、お金が支払われるようになったことはとても良いことだと思います。

とくにジュニアユース、ジュニアの指導者は指導によって得る収入をメインで生活している人が多いので、そこまでお金が降りていくようにすることで「もっと良い選手を育成しよう」というモチベーションにもなりますよね。

現状、ジュニアやジュニアユースの指導者が報われることって「大会に勝つこと」しかないんです。そのクラブの出身者がプロになることよりも、大会で優勝することの方が、よっぽど祝福されますし、結果として入部加入者が増えるので、金銭的にも見返りがあります。

## 生活のために大会で結果を出さなければいけない環境

僕の周りには、指導力のあるジュニアユースのコーチがたくさんいますが、彼らからこう言われたことがあります。

「お前は学校の先生やから、選手の育成にこだわってできる。でも、俺らは大会で結果を残さなかったら、子供が入ってこないし、部員がいないと死活問題になるので、育成も大事やけど、それ以上に結果を出すことにこだわらなあかんねん」

これは本心だと思います。クラブを選ぶ側の子供、保護者も大会で結果を出しているクラブに入れたいと思うものですし、サッカーの内容や将来を見据えた育成をしているかというところまでは見きれないのが現状だと思います。

大会で結果を出すことによって得られるリターンのほうが、良い選手を育成する、将来プロを輩出することよりも大きいので、ジュニアやジュニアユースの指導者は、育成よりも大会の結果に重きを置いてしまうのです。

これは指導者の志の問題というよりも、評価システムの問題だと思います。そこを改善しない限り「育成年代の大会で優勝を目指す」という、育成に対する日本独自の考え方は大きく変わらないと思います。

大会に勝って名誉を手に入れ、部員が入ってくるというサイクルができ上がっているところに、いくら「育成に目を向けろ！」と言っても無理な話です。指導者としても、街クラブで結果を出したからといって、倍の報酬でJクラブに引き抜かれるといったこともほぼないですよね。

何度も言いますが、日本の街クラブにはすごい指導者がたくさんいるんです。でも、いまはそういう人たちが「大会で勝つこと」を目標にするしかない環境なので、育成よりも大会や試合で勝つことに力が注がれています。

たとえば、ジュニア年代で身体能力の高い子たちに、ロングボールを蹴らせて、こぼれ球を拾わせて、ハードワークしてというサッカーをするチームは批判的な目で見られますが、では、この年代で学ぶべきことをしっかりと教えて、中学、高校時代の伸びしろを作ったところで、それを誰が評価してくれるのでしょうか？　それよりも、サッカーの内容はアバウトでも、試合や大会に勝った方が、周りの保護者や子供は評価してくれます。結果、入部希望者は増えます。

それを指導者の志のせいにしているだけでは、日本サッカーの育成は変わらないと思います。試合や大会に勝つことよりも、良い選手を育成していくことの方が評価されないと、現状はいつまでたっても同じです。

## サッカーにお金はつきもの

サッカーは日本だけでプレーしている、アマチュアスポーツではありません。世界のマーケットは、ひとりの選手の移籍に何百億円という値段がつく、ゴリゴリの資本主義社会です。その中で、アマチュア的な考え方、価値観、「スポーツにお金を持ち込むな」と言っていても、いつまで経っても世界と互角には戦えません。

こう言うと「学校の教員、公務員が何を言っているんだ」と言われるかもしれませんが、それが現実です。現に、サッカーをする子供たちに将来の夢はなんですか？　と訊くと「ヨーロッパで活躍してW杯に出たい！」と答えるでしょう。視線は国内ではなくヨーロッパを始めとする世界に向けられています。

その現実を直視せず、お金の話題を避けているのは「臭いものには蓋」ではないですが、問題の本質と向き合っていないだけだと思うんです。

ヨーロッパの話で言うと、お金が育成の末端まで流れるように設計されています。それは日本のJリーグも見習うべきだと思います。岡崎慎司選手がプレミアリーグのレスターで優勝したとき、貢献金として母校や通っていた街クラブまで、それなりの金額が支払われたそうです。「彼の活躍で優勝できた。これほどの選手を育ててくれたクラブがあったおかげだ」という意味が、お金という形で評価されたわけです。

翻って、日本のJリーグはどうでしょうか？　リーグで優勝したからといって、アマチュア時代に育成していたクラブには1円も支払われません。

これは笑い話なのですが、興國はスペインに言ったときに、ビジャレアルのコーチに驚かれたことがあります。試合は3対3の引き分けで終わり、両チームとも「なかなかやるやないか」という感じでリスペクトしながら、試合後にコーチと雑談をしていたときのことです。「興國の選手たちはいくらもらってるんだ？」と聞かれたので「は？　何がですか？」と答えたら「この年齢でこれだけのプレーをするんだから、クラブからお金をもらっている選手たちなんだろう？」「いや、僕らハイスクールのチームなんで、お金なんてもらってないですよ。むしろ、選手たちは活動費を払ってますよ」「は？　そんな馬鹿なことがあるわけないだろう。お金を払ってサッカーをするなんて」。

どれだけ説明してもわかってもらえず、最後には「嘘をつくな。意味がわからん」と軽くキレられましたから（笑）。

それぐらい、ヨーロッパではサッカーとお金は密接な関係にあり、良い選手は高い報酬がもらえますし、良い選手を輩出したクラブにもお金が支払われます。そうしたサイクルができあがることで、「良い選手を育成すれば、リターンがある」というインセンティブが働き、さらに育成に熱が入るわけです。

日本にも良い指導者はたくさんいます。彼らの情熱を全国大会優勝ではなく、「すごい選手を育成する」という方向に向けることができたら、世界で活躍する選手がもっと増えてくると思うんです。

選手はプロになりましたが、指導者でプロといえる人がどれだけいるのか。日本人の指導者は細かくて勤勉で、ベースはすごく高いので、選手を育成することでお金が循環するシステムさえ作ることができれば、可能性は十分にあると思います。

そして育成金の上限を1000万程度に引き上げて、久保建英《たけふさ》選手（横浜F・マリノス）クラスであれば、プロになると同時に、獲得したクラブが、ジュニア、ジュニアユース、ユースに1000万円を3分割する程度の金額を支払うようになると良いですよね。「お金がないクラブは選手を獲れないじゃないか」と言われそうですが、そういうクラブは自前で選手を育成すればいい。そのためにアカデミーがあるのですから。

大阪にはガンバ、セレッソに続く、ＦＣ大阪というクラブがあります。ガンバとセレッソはＪ１、ＦＣ大阪はＪＦＬに所属するクラブです。チーム力には開きがあるので、ＦＣ大阪は自前で育てた選手をガンバやセレッソに売って移籍金を得て、他の選手を獲るなり、育成の資金に回せばいいわけです。ガンバやセレッソのアカデミーの選手で、プロにはなれなかったけど、ＦＣ大阪でプレーして、成長したところで買い戻すとか。海外に行けば、異なるカテゴリーに所属するクラブ同士が連携して、選手を育成している地域はたくさんあります。

複数のクラブを経由して、レベルに合った環境の中で揉まれてステップアップしていく。そうすることで、その選手が所属したクラブに移籍金が入り、クラブも潤いますし、選手も胸を張って移籍できる。良いことずくめだと思います。

Ｊクラブにしても、トップチームに昇格した選手の指導に携わっていた人にはインセンティブを支払うなど、努力が報われる環境ができれば「育成のスペシャリスト」として活動しやすくなるはずなんです。アカデミーの指導をして、定期的に良い選手をトップに上げることが金銭的なメリットに繋がり、生活することができるとなったら、その道を極めようとする人も出てくると思うんですよね。

Ｊリーグができて25年になります。選手たちの意識は大きく変わりました。高校の全国大会で優勝することが目標だった時期は過ぎ、プロになること、海外でプレーすることが新たな夢になっています。選手たちがそこを見ている以上、我々指導者も変わらなければいけません。選手がプロになることを目指しているのに、指導者が高校選手権で優勝することだけを考えているようでは、道のりがずれてしまいます。選手と指導者の目標が少しずつずれていく過程で、消えていく選手、伸び悩むタレントはたくさんいたと思います。

僕としては、興國からプロになり、Jで活躍してヨーロッパでプレーする選手、日本代表で活躍する選手をたくさん輩出したいと思っています。

その結果、岡崎慎司選手がなし得たように、ヨーロッパのリーグ戦や大会で優勝し、育成したクラブに育成貢献金が入ってくる。いままでの私立の学校では考えられないようなお金の稼ぎ方ができればいいなと。それをモチベーションに頑張っています。

選手としても、自分が活躍した結果、母校のグラウンドが土から人工芝になったり、移動用のバスが買い換えられたりしたら嬉しいですよね。活躍に見合ったお金を受け取ることは、なんらやましいことではありません。サッカーは資本主義のスポーツなのですから。

## 日本の指導者が評価されるのは、大会で優勝したとき

現状、日本の指導者が一番評価されるのは、大会で優勝することです。大会で優勝することで注目され、知名度が増え、部員が集まります。

考えてみてください。大会で1回戦負けのチームと、毎回優勝争いをするチームがあるとして、保護者はどちらに行かせたいと思いますか？　元Jリーガーが指導しているけど、指導内容はそれほど良くはないチームと、無名のボランティコーチが指導しているけど、子供の能力に合わせた良い指導をするチームと、どちらに通わせたいですか？　多くの人が指導の内容を見ず、大会の結果や指導者の名前、実績で判断し、子供を通わせると思います。その良し悪しは置いといて、それが現実です。その結果、多くの指導者は大会で優勝することを目的に取り組み、選手の育成はその次に置かれています。

よく、「高校サッカー選手権大会がなくなれば、勝利至上主義がなくなり、指導者の目も選手育成に向くのではないか」という意見を目にします。でも、僕はそうは思いません。結局、高校サッカー選手権に変わる、別の大会で優勝を目指すようになるだけのこと。なぜなら、大会で優勝することが、評価を得るための唯一の手段だからです。高校サッカー選手権を止めて、年間単位のリーグ戦に移行するとして、結局そのリーグ戦で優勝を目指すのは変わりません。トーナメント方式がリーグ方式に変わっただけの違いです。

繰り返しになりますが、良い選手を育成して、プロにすること。その選手がプロで活躍することが評価の指標にならない限り、現状の大会優勝主義、勝利至上主義はなくならないと思います。

育成年代における、現在の評価システムは試合に勝つこと、大会に優勝することが最優先。だから、指導者はそれに向けて一生懸命に取り組んでいます。評価システムの現状、そうせざるを得ないのです。

僕は試合に勝って評価されるのは、プロだけでいいと思います。育成年代の指導者がすべきは良い選手を育てること。それに対して金銭面も含めて評価されるシステムができれば、日本は育成大国になると思います。優秀な指導者はたくさんいるのですから。

日本の優秀な指導者たちが「海外で活躍する選手を育てるためには、どうすればいいか？」を本気で考え始めたら、いやでも世界のサッカーで何が起きているのか、ヨーロッパのトップレベルではどんなことが行われているかを調べるようとするはずです。でも、日本サッカーの現状は県内や地域で勝つことが最大の目標になっているので、世界のサッカーの流れなどを知る必要がありません。それよりも、近隣の強豪チームの情報の方が、試合の結果、つまり勝つことに直結します。視線はどんどん内側を向き、世界を見ている選手とのベクトルがどんどんズレていきます。

10年後に欧州チャンピオンズリーグで活躍する選手、リーガ・エスパニョーラのクラブからオファーが来る選手はどんな選手か。そのために、高校を卒業する18歳までに何を身につけておくべきかを第一に考えて、日本中の高校サッカーの監督が指導を始めたら、日本人の力を考えれば、世界有数の育成大国になると思います。今はみんなが「大会で勝つためにどうすればいいか」を目標にやっているだけなんですから。そこから視点を変えたい。というか僕は視点を変えて、指導に取り組んでいます。育成第一。その結果が2年で6人のプロ選手誕生です。

## 環境の悪い中で試行錯誤する

海外で活躍している日本人選手の半数が、高体連出身の選手です。今の20～30代の日本サッカー界で高体連でプレーしていたということは、九分九厘Jクラブのユースに行けなかったという挫折を味わっていることを意味します。

一度そこで悔しい思いをして、這い上がってプロになりました。さらにそこから成り上がり、ヨーロッパに渡っています。多くの高体連のチームは、環境も設備もJクラブのユースよりも劣っている場合が多いです。

そもそも選手の数が違います。興國は270人いますが、Jユースは3学年合わせて30～

40人程度ですよね。環境の悪い中で、どうすればＪユースの選手たちを追い抜くことができるか。その思いを持ちながら3年間努力することで、たくましさも身につくのではないかと思います。

やはり、負けを知っている、挫折している選手は強いんですよね。自分がエリートではないことがわかっているので、どんな環境でも努力して這い上がってやろうという気持ちがあります。逆に言うと、その気持ちがなければプロになったり、海外で活躍することはできないと思います。

## トレーニングを真面目にしすぎ?

サッカーにおける「エリート育成」の難しさは、日々感じています。たとえばフランスは『クレールフォンテーヌ国立サッカー養成所』に才能のある選手を集めて育成しています。その中からかつてはアンリやアネルカ、現在ではマテュイディやムバッペが育ってきていますが、ジダンのような天才やグリーズマン、カンテのような選手はエリート育成ではないところから成り上がってきています。

オランダにしても、指導のメソッドが確立しすぎていて、ロッベンやファン・ペルシーのような、一芸に秀でた個性的な選手が出にくくなっています。

サッカーは相手があるスポーツなので、みんながワンタッチでプレーするところで2タッチしたり、反転してドリブルを始めるような、予想もつかないプレーをする選手がスーパースターになると思うんです。その意味でフランスのムバッペはエリート出身にも関わらず、トリッキーなプレーもできるので将来が楽しみです。

日本のJクラブを始めとする、エリート育成の様子から受ける印象ですが、指導者の方々はみんな真面目で勉強熱心で、それは素晴らしいことだと思うのですが、一方で真面目にトレーニングをしすぎていないかという気もしています。これは批判ではなく、大阪の高体連のいち指導者が受ける印象として聞いてください。

セオリーでいけば、前に相手が2人いるところにドリブルで突っ込んでいくのは、真面目に勉強した指導者からすると「なし」だと思います。「状況を見ろ！」「周りを使え！」と指示するのではないでしょうか。

でも、僕の感覚だと「敵が2人いてもドリブルで抜いて、シュートを決められるヤツがプロになれるんちゃうん？」と思ってしまうわけです。人と違うこと、あっと驚くことをする選手がスーパースターになる。その感覚は忘れずに指導したいと思います。

## 組織の中で個を出させることの難しさ

これは長所でもあり、短所でもあると思うのですが、指導者が「こういうプレーをしなさい」と言うと、日本の選手たちはそれに意識がいきすぎて、そのプレーをすることが目的になってしまうような気がします。

たとえば「ボールを失うな」と言うと、失わないことだけを考えてプレーしてしまう。でも、ボールを失わないためにサッカーをするわけではなく、ゴールを決めるチャンスを増やすため、失点のリスクを減らすために「ボールを失わない」ことが大切になるわけです。目的と手段が入れ替わってしまうので、選手たちに対する意識付けの仕方は気をつけています。

これも僕の想像ですが、フランスやスペインの育成を見ていると、基本的に選手が好き勝手プレーしたがるので、チームとして統制を取るために「キミはこういうプレーをしなさい」と戦術を当てはめているのではないかと思います。

まずは選手自身に「俺はこのプレーをしたい！」という強烈な目的意識があるので、それをチームの中で発揮させるために戦術がある。でも、日本人はもともと協調性があるので、自分がやりたいプレーより、チームを優先する傾向にあります。

そんな子たちを戦術で縛りすぎると、そればかりになってしまい、個性が出せない。バランスが難しいんです。

だから、興國の練習はゲーム形式を多くしています。ベースのトレーニングをしつつ、それをどう試合の中で自分の個性とともに発揮するか。そこを伸ばすには、ゲーム形式しかないと思っています。「好きにプレーしていいぞ」と言って、ようやく自分を出せる日本人。「もうちょっと協調性を持ってプレーしろよ」といって、ちょうどいいバランスになる外国人。だから彼らには規律や約束事が必要なのです。

でも日本人は規律を重んじる文化であり、そのような教育を受けているので、サッカーで活躍するために、規律を破ることを促してあげないといけない。サッカーは国民性や文化、教育の影響が色濃く出るので、ヨーロッパで良いとされるスタイルをそのまま持ち込んでも、うまくいかないと思うんです。日本人向けにアジャストすることが大切です。

ただ、そこでも「教えすぎるとうまくいかない」ので、注意が必要です。そのさじ加減が指導者の腕の見せどころだと思っています。

## 低年齢から戦術面の指導をする

スペインに行った時に、8、9歳の子が街クラブでトレーニングをしているのを見たことがあります。

そこではハーフコートを使い、ゴールキーパーからのビルドアップと、それに対する妨害のトレーニングをしていました。ゴールキーパーがペナルティエリアに降りてきたセンターバックにゴールキックのボールをパスするところから始めるのですが、味方が「こっちに出せ」と指示を出しているのに、キーパーは焦って前に蹴ってしまい、それを奪われて失点したんですね。そうしたらコーチが8歳の子を相手に烈火のごとく怒りだして、「ちゃんと見なさい」と言って、同じ設定でまた始めました。

そこでミスをすると、また同じことをやらせます。技術レベルがそれほど高くないので、いたるところでミスが起きるのですが、コーチが我慢強くプレーに対してシンクロしながら声をかけて、ずっとやらせているんです。

下の年代からこういうことができれば、僕が高校1、2年生に対して試合中に強く言うこともなくなるのかなと思いますが、ジュニア、ジュニアユースのクラブを持っていないのでなかなか難しいです。

ちなみに、スペインの街クラブで5、6歳の子のトレーニングも見たのですが、主にアスレチック的な練習をしていました。輪っかをくぐってジャンプして、でんぐり返しをしてコーチにパス。リターンを受けてシュートを打ち、戻るときはコーンの間をジグザグでステップするといったように、色々な運動を、ボールを使ってサッカーの練習っぽくするという形でした。この年代で必要な身体の動きのベースを、サッカーボールを使って取り組むという考え方ですよね。サッカー選手ではなく、まずは幅広く運動ができるようにしていくのです。

でも日本の場合は、7、8歳からボールを使ってドリブルならドリブル、シュートならシュートというサッカーの技術だけをトレーニングする傾向にありますよね。それに小学校の体育の授業を見に行くと、ケガをさせないようにという気持ちが強すぎて、運動の幅がどんどん狭くなっています。

自分の息子を見ていても、運動神経は良い方だと思いますが、できない運動動作もあるので、体操教室に行かせています。僕のお小遣いで（笑）。

学校体育がケガをさせないように、外遊び程度になると、スポーツ選手はどんどん減っていくのではないかと思います。少子化ですし。サッカースクールも狭いコートでボール扱いだけを練習していると、ジュニアの年代が終わったらサッカーの総合的な能力は伸びなくなると思います。小学6年生の時点で完結するサッカー選手を育てるのであれば、それでいいと思いますが、まずは運動ができる、自分の身体を器用に操ることができるようにしないといけない。でんぐり返しができない、ボールの落下地点に入れないのでは、いいサッカー選手にはなれません。

理想としてはサッカークラブが、スペインやドイツのように年齢に合わせたトレーニングをしてくれれば良いのですが…。

## 高校3年生までは筋トレ禁止

興國は高校3年生までは筋トレ禁止です。筋トレ的なことは、動的な体幹トレーニングだけです。なぜかというと、高校3年生にならないと、身体が「おっさん化」しないからです。もちろん成長には個人差があるので、全員がそうとは言えませんが、僕の見るところ、17歳までは筋トレよりもボールを使ったトレーニングをした方が、脳と身体を繋ぐ能力が伸びやすいです。

筋トレするのは身体が「おっさん化」してからで十分間に合います。おっさん化すれば、筋トレを1時間して筋肉が10つくとすると、高校1、2年生の非おっさんは3時間しても5ぐらいしかつかない。無駄どころか、下手をすれば身体にマイナスになることもあります。

大学やプロに行ってサッカーを続けたい選手は、ラグビー部の先生が動ける筋肉をつけるトレーニングが得意なので、3年生になったら「聞きに行って正しい筋トレをしなさい」と言っています。

## プロになる選手を見極める

大学の後輩がイングランドで代理人をサポートする仕事をしているのですが、興味深いことを言っていました。

プレミアリーグのユースチーム同士の試合を見に行った時のこと。あるチームのサイドの選手が、常に1対2の数的不利の状況で守ることを余儀なくされていたそうです。当然、そこから突破されて、チャンスを量産されています。

そこで監督に「なぜ選手に指示を出して修正しないんだ?」と訊くと、「チェックしているんだ」と答えたそうです。

「ずっと1対2の状況を作られている。その不利な状況を、彼自身がどう解決するかを見ているんだ。プロになるためには、自分で問題に気がついて、解決しなければいけない。監督の指示がなければ動けないような選手は、トップチームには上がれないんだよ」

その話を聞いたときに、なるほどと思いました。その試合でチームの勝利を優先するのであれば、その選手や周りの選手に指示を出して、2対2や3対2などの状況を作ればいいわけです。それは決して難しいことではありません。

しかし、1対2の数的不利だろうと関係なく、相手の攻撃をストップできる選手がプロになれるわけです。チームの勝利を優先するのか。それとも選手の育成を優先するのか。僕は後者のスタンスで指導をしていますが、チームを勝たせるために選手が学ぶ可能性、力量を見極めるチャンスを見逃している部分もあるのではないかと思った出来事でした。

## アピールの仕方がわからない日本人選手

僕の後輩は「ヨーロッパでプレーしたい」という日本からの留学生を受け入れています。彼が言っていたのは「アフリカや東ヨーロッパなど、貧しい国から片道切符で来ている選手もいる」と。そして、彼らはとにかく結果を出さないといけないと思っているので、試合に出られなかったら「何で俺が出られないんだ。理由を教えてくれ。もし出られそうなクラブがあれば紹介してくれ。試合に出ないとアピールできないじゃないか！」と言いにくるし、自分のプレーを編集したＤＶＤを、常にカバンに入れているそうです。そして、試合会場に他のクラブの関係者や代理人が来ているという情報を耳にすると、ＤＶＤを渡して「俺のプレー映像だから見てくれ」と売り込みに行くそうです。必死さ、熱意、行動力はすごいですよね。

一方、日本人の選手にはそこまでのハングリー精神はありません。自己アピールをするのが苦手な国民性も影響しているのでしょう。日本の選手には「自分を売り込む」というマインドがなく、そうしなくても行きていける環境が日本にはあります。

だから育まれないとも言えますが、日本の選手が「監督に使ってもらえないので試合に出られない」という状況になった場合、どうすると思いますか？　多くの場合が黙々と走ったり、ボールを蹴ったりと自主練をして、いつかやって来るチャンスを待つそうです。

僕の後輩が、日本から来た選手に「毎日、たくさん練習しているけど、どうしたいの？」と訊いたら、「練習を頑張って、プロになりたいです」と。「いや、でもいまは試合に出られていないよね。どうやってプロになるの？」「試合に出たら、誰かが見てくれると思うんで……」。

おそらく、日本の選手が100人いたら、99人はこういうマインドでしょう。それも間違いではないと思いますが、そもそも試合に出られていない環境にいるのなら、「なぜ出られないんだ。俺を使ってくれ」と監督に言って、5分でも10分でもいいのでチャンスを掴むこと、試合に出られそうなチームへ移籍することも重要です。

「頑張れば誰かが見てくれている」というメンタリティは他力本願ですし、そもそも「誰かって誰？」という話ですよね。

「頑張れば報われる」という日本人のメンタリティは美徳であり、努力している姿を周りに認めさせるのも大切なことだとは思いますが「自分を使ってくれ」「チャンスをくれ」とアピールする交渉力も、同じぐらい大切だと思います。

黙々と努力をできる日本人が、常にカバンにDVDを忍ばせておいて、積極的に自己アピールできたら無敵だと思うんですよ。サッカーはワールドワイドなスポーツです。「自己主張をしなければ、そこにいないのと同じ」というメンタリティの人たちと競争をして勝ち抜いていかなければいけないので、日本の文化以外の考え方を取り入れて、行動に移していくことも大切なのだと思います。

## スペインで感じた、日本人のストロングポイント

海外に行くと、嫌でも日本人であることに向き合わされます。国民性、考え方、肉体的な長所、短所…。

僕が考える日本人のストロングポイントは「同じことを繰り返しできる集中力」「指導者に言われたことを、最後までやりきる完遂力」「長時間、走ることのできる持久力」だと思っています。

たとえば、リフティングの練習をしなさいと言えば、1時間ぐらいは平気でしますよね。途中で飽きて投げ出そうとする子はあまりいません。ドリブルやパス、キックなど、地味な基礎練習を繰り返し、黙々とやり続ける集中力があります。

そして、指導者に言われたことをやりきる完遂力。オランダで指導をしている日本人の方に聞いたのですが、日本の高校生年代のチームの試合を見ていたところ、オランダ人の感覚だと全く戦術的ではない、前線からのプレスをひたすら掛け続けていたそうです。

それを見たオランダ人コーチは「選手たちはやみくもに追いかけているように見えるが、なぜ彼らは『この守備で本当にボールを奪えるのか？』という疑問を持たずに、愚直にやり続けられるんだ？」と驚くと同時に恐怖を感じたそうです。

ひたすら走ってボールを追いかけるけど、パスを回してかわされる。でも、やり方を変えることなく、同じようにプレスに行き続ける。そこに何の疑問も持たず、監督に意見をするでもなく、やり続ける姿を見て驚きを隠せなかったそうです。

そう考えると、監督の指示を完遂する能力を持つ日本人選手が、戦術的に統制の取れた状態で、効果的にプレスをかけることができたら、相手は太刀打ちできないと思うんです。

## スペインの監督に驚かれた持久力

僕の感覚では、日本人は持久力系のトレーニングを特別にしなくても、ヨーロッパの選手よりも走り続ける能力は高いと思っています。

スペインに遠征に行き、エウロパという街クラブと試合をしたときのことです。結果は3対3の引き分けだったのですが、エウロパの監督はハーフタイムに、選手に対してこう言っていたそうです。

「あいつらはネズミだ。すばしっこくて、追いかけても捕まえられない。だから罠を仕掛けよう。あれだけ攻守に走り回っているのだから、終盤になると足が止まる。ペースダウンしたところで、一気に畳み掛けよう」

しかし、興國の選手は90分間ペースダウンせず、最後まで走りきりました。すると試合後、エウロパの監督に質問攻めに合いました。

「一体、どんなトレーニングをしているんだ？　あれだけ走り回れるのは普通じゃない」「いや、僕ら走るトレーニングなんて一切しません」「嘘だろう、隠さずに教えてくれ」「いや、ほんまですって」というやり取りが何ターンかありました（笑）。

そこで「日本人って、走れるんや」って思ったんです。本当に、持久力を上げるトレーニングはしていませんでしたから。フィジカルや持久系のトレーニングを一切やってないのに、スペインのコーチから「お前らのトレーニング方法を教えろ」と言われるぐらい走れているんだから、アフリカ系の選手が筋トレをしているようなもので、これはそもそも練習する必要がないなと。答えが出ましたね。

## ハイインテンシティトレーニング

モウリーニョがレアル・マドリーの監督になった時、フィジカルトレーニングはあまりしなかったそうです。でも彼のスタイルは攻守に強度が高い、ハイインテンシティのサッカーです。メディアから「ランニング系のトレーニングをせずに、ハイインテンシティのサッカーは可能なのか？」と聞かれたときに、こう答えたそうです。

「あなたは15分のピアノの曲を弾く時に、ピアノの周りを15分間走りますか？　それをすればミスなく弾けるようになりますか？　なれないでしょう。フットボールも一緒です。ピアノの曲を弾くためには、ピアノを弾く練習をしなければいけません。グラウンドの周りを走っても、フットボールは上手くならないのです。90分間、ハイインテンシティのフットボールをするためには、ハイインテンシティのフットボールトレーニングをしなければいけません」

このインタビューを読んだときに、僕の中で合点がいきました。興國はゲーム形式の練習をするときに、選手たちの足が攣るぐらい、ハイインテンシティでやります。10分間やるとヘロヘロになるほど、テンポが速いです。短い時間でもインテンシティが高ければ、選手たちは疲れます。そうすることで、持久力も技術も同時に高めることができます。

ゲーム形式なのでジャンプもするし、体もぶつかるし、頭も使います。強度の高いゲーム形式のトレーニングをすることが、一番のトレーニングになるというところに行き着いたんですよね。

サッカーは5メートルや10メートルのダッシュを何度も繰り返すスポーツです。たまにロングスプリントもありますが、基本は瞬発系の能力が必要です。それなのに、マラソンのように同じテンポ、ローインテンシティで素走をさせても、サッカーに必要な走る能力は向上しません。

日本人は持久力に加えて、指示通りに走る能力があるので、効率的に守備をして、攻撃に転じる際は持ち味の技術と俊敏性を活かすサッカーができれば、もっとうまくプレーできるようになると思うんです。

オランダ人コーチが言っていました。「日本人が賢いフットボールを身につけたら、我々にとって驚異になる」と。

## サッカーは対応力が必要なスポーツ

日本固有の文化に「型」があります。武術などは「型」に美学があり、それはそれで素晴らしいことなのですが、サッカーにおいて「型」を意識させすぎると、予想外の状況になったときに、パニックになることが多いような気がします。

よく「日本サッカーは対応力が低い」という意見を聞きますが、事前に用意していたプランAが通用しなくなると、どうすることもできない。プランBに移行する応用力に乏しいと感じます。

それは日本の文化、環境によるところが大きいと思いますが、例えば自分のチームが1－4－4－2で相手チームが1－4－3－3のシステムで戦っているとします。相手が1トップ＋両サイドのウイングで、4バックの2センターバックは数的優位で守れています。その状況で型を重視して「最終ラインをフラットに揃えろ！」「両サイドバックはボールの位置に応じて中に絞れ！」という指示をしても、あまり意味がありません。相手の状況に応じて、ポジションを修正する。それはサッカーでは当たり前のことですが、元から準備していた型を重んじるあまり、「4バックが整然と並ぶのが良い守備だ」というのは違うと思うんです。

それはあくまで試合展開のひとつの状況に過ぎず、ラインを崩した方が良い場合もあります。

それに関してはベンチ（監督）の判断と選手の判断の両方が必要です。大切なのはゴールを守ることであって、あらかじめ決められた守備戦術を遵守することではありません。手段と目的がごっちゃになってしまわないように、指導者は常に自問自答しなければいけないと思います。

## 日本サッカー界に必要な、良い選手の基準

興國には、過去5人の年代別代表選手が誕生しています。ただ、選ばれる側の人間からすると、どうすれば代表に入れるのか、どんなプレーができる選手が代表になれるのかが、いまいちわかりません。

ボール回しばかりしててもダメ。ハードワークしかできないのもダメ。戦えない選手もダメ…。もちろん、ボールが回せてハードワークができて、戦えて、個性が出せてケガをしない、身体能力が高い選手であれば選ばれるのでしょうが、そんなスーパーな選手はなかなかいません。

日本サッカー全体を見渡しても「良い選手」の基準があいまいな気がして、だから指導者

側も個人のセンスで選手を育成するようになっているのが現状だと思います。もちろん、サッカー協会が具体的に基準を示して、「このとおりに選手を育成してください」という通達を出しても、そのとおりにはいかないと思いますが、最低限の基準、共通理解があると、選手を育成するときの目安になるのではないかと思います。

理想はU－16、17、18、19、20、21、22、23と、年代別代表の選手が連なっていくことだと思います。競争の世界なので選手の入れ替わりはあって当然ですが、現状はU－18以下とU－23以下の代表チームのメンバーを見てもあまり重なってはいません。たとえばロシアW杯のメンバーを見ると、年代別代表で主力として活躍した選手は何人いるでしょうか？U－17、U－20W杯で活躍したのは香川真司選手、柴崎岳選手（ヘタフェ）ぐらいしかおらず、ほかの選手は年代別代表として、10代で世界大会に出た経験のある選手は皆無に等しい状況です。

つまり、年代別代表チームがA代表へと繋がっていない日本の現状があります。しかしながら、フランスやドイツ、スペインなど、欧州選手権やW杯で優勝するチームは、U－21、U－23の欧州選手権で優勝したメンバーが持ち上がり、A代表の主力として活躍し、W杯で優勝しています。それはサッカースタイルと、良い選手の基準がしっかりとあるからだと思います。

日本の現状は各年代の指導者がそれぞれの価値観で一生懸命、育成をしているにも関わらず、基準がないので全体として統一感のある育成になっていない。それが年代別代表からA代表まで、選手が続いていかない要因のひとつではないかと思います。みんな頑張って育成しているので、方向性をきちんと示せば、日本サッカーからもっと良い選手が生まれてくるのではないかと思います。日本の指導者に、すごい人はたくさんいますから。

## 年代別代表をW杯に繋げる

日本はU－17W杯、U－20W杯といった年代別の世界大会で優勝を目指すべきでしょうか？　僕は優勝や上位進出を目標に取り組むのではなく、将来のA代表、W杯に繋げるための大会という位置づけにしたほうが良いと思っています。

なぜならば、U－17、U－20の世代で世界に勝つためには、日本人はフィジカル的に不足しているからです。年齢が上がるに連れて、徐々に差は詰まっていきますが、早熟傾向のアフリカの選手に比べると、17歳、20歳の時点では大人と子供ほどのフィジカル差（筋肉量やスピードなど）があります。

そのような相手と戦って勝つためには、17歳、20歳の時点である程度フィジカル的に完成されている選手を選ぶ必要があります。「17歳の時点では線が細いけど、センスはピカイチ」という選手は「フィジカルが足りていない」という基準で選ばれなくなってしまうのです。それは「将来を見据えた育成」という視点からすると、非常にもったいないことだと思います。

これは声を大にして言いたいのですが、年代別のW杯、高校選手権などもそうですが、大会での優勝を目的にすると、フィジカルは絶対に必要です。当たり負けしない身体、筋肉量をベースとしたスピードなど、運動能力と体格は絶対に必要です。ただし、10代の段階でそこを優先して選手を選び、強化してしまうと、将来的に伸びしろのある選手がスポイルされてしまう危険性があります。

日本人はアフリカ人ともヨーロッパ人とも、南米人とも体格は違います。10代の時期に筋肉をつけようとしても、晩熟傾向なのでなかなかつかないんです。僕はそれを「おっさん化」と言っていますが、日本の選手は19歳、20歳ごろから、ようやく身体が大人の仲間入りをし始めます。その段階で筋トレやフィジカルを鍛えるメニューに取り組めばいいんです。身体が大きくなる土台ができていないのに、むやみにフィジカルを鍛えることは、時間を無駄にするのと同じです。

もちろん、高校年代であってもスピードやキレ、ベースとなる動きづくりのトレーニングは絶対に必要です。そこは勘違いしてほしくないのですが、優先順位は技術を身につけること、そして認知や判断といったサッカーインテリジェンスを高めること。フィジカルはその後からでも十分間に合います。

オランダでは上半期（1〜6月生まれ）と下半期（7〜12月生まれ）を分けて、2つの年代別代表を作るという話を聞いたことがあります。上半期に生まれた選手の方が、成長が早いからというのが理由のようです。世界大会で勝つことを見据えた、早熟の選手のチームと、肉体的には完成されていないけど、センスがあって将来性が見込める選手という2つのカテゴリーで代表チームを作り、活動をするのはとても面白いアイデアだと思います。

## 国際経験の重要性を痛感

普段、日本で生活していると感じませんが、スペインに遠征に行くたびに「日本は世界の端っこやな」と痛感します。世界地図を見るとよくわかりますが、ヨーロッパや南米からずいぶんと遠くにある、海に浮かぶ国、それが日本です。周囲が海に囲まれているため、良くも悪くも保護されている状態にあります。

一方でヨーロッパは陸続きなので、人材の移動が活発です。車で2時間も走れば隣の国の、違う文化のチームと対戦することが容易です。

実際にヨーロッパはクラブチームのU-19チャンピオンズリーグ（UEFAユースリーグ）があり、南米にはU-20コパ・リベルタドーレスがあります。日常的に違うスタイルのサッカーに触れることができ、経験値が貯まっていきます。

一方の日本はというと、クラブ単位で海外遠征を実施しているところは多いですが、それも1週間程度の単発的なもの。基本的に日本の選手たちと対戦するので、肉体的にも、メンタルもアイデアも、自分たちと近い相手と試合をすることがほとんどです。そして世界大会に出たときに、日本では味わったことのないスピードやフィジカル、メンタルに面食らう、ということがあります。

興國は毎年、スペインに遠征に行っていますが、そこで得た経験の蓄積はチームの強化や指導方針、選手の成長に大きな影響をもたらしています。

金銭的な負担があるので、どのクラブもできることではないとは思いますが、ダイレクトに選手育成に繋がるので、どうにか金銭的にサポートできる仕組みができないものかと思っています。

「去年はあの年代で海外の大会に出て、まったく歯が立たなかった。自分たちが日々取り組んでいることを、どう変えていけばいいのか」という気づきを得るためには、異文化と交流するのが手っ取り早い方法です。これは日本国内で体格もほとんど変わらない相手とばかり試合をしていても、得られない感覚です。

日本国内の大会に参加した選手の中から、優秀選手が選抜されて、海外の大会に参加することがあります。それは選手やスタッフの経験にはなりますが、単発的なもので、蓄積されていくかというと疑問に思います。一回きりですから。

これはひとつの案ですが、年代別の代表チームが世界大会である程度の結果を残したら賞金が出るので、それを国内の大会で優勝したクラブの海外遠征費に回すといった施策をするのも良いのではないかと思います。

## アメリカの大学スポーツを見習うべき

興國もいまでこそJクラブから毎年オファーを受ける選手を輩出していますが、いずれは興國からヨーロッパのクラブへダイレクトに渡る選手を育成したいと思っています。ただし、そのためにはU－17W杯のメンバーに出て、世界大会に出場するぐらいの選手にならないと難しいので、まずはそこを目標にしています。

海外のビッグクラブへ移籍することができれば、育成連帯貢献金が入ってくるので、学校側の収入にもなります。興國は私立なので、いち企業と同じです。金銭的な見返りを受けることで、サッカー部の練習環境が良くなったり、投資を続けることでまた良い選手を輩出するといったサイクルができればいいと思っています。

僕は教員を10年以上続けていますが、日本の学校には大きなポテンシャルがあると思っています。練習環境、勉強の環境、日常生活から選手を見ることができるシステム。これらはJクラブには難しいことですが、学校であればどこも揃っています。

ともすれば、日本の高校スポーツ界はアメリカの大学スポーツを見習うのがいいのではないか。最近はそう考えています。アメリカの大学スポーツは、良い選手を育てて、NBA（バスケット）やMLS（サッカー）やMLB（野球）などに選手を送り込み、見返りとして金銭的な報酬やスポンサード、知名度アップにつなげています。良い選手を育てれば、それなりの金額が入ってくる。これは学校にとって大きな収入になります。高校選手権に出たとして、次の年の入学希望者が1・5倍に増えたとしても、その全員を入学させることはできません。校舎の大きさも限られています。つまり、高校選手権や甲子園に出たからといって、極端に収入が増えるわけではないんです。でも香川真司選手や岡崎慎司選手のように、海外のビッグクラブへ移籍したり、リーグ優勝すると、育成年代に所属していたクラブや学校に1千万円近い貢献金が入ります。

そのようにして、良い選手を輩出することが学校の利益にもなるというように、考え方を変える指導者や経営者が出てくると、高校選手権の優勝だけを目標にする学校も減り、良い選手を輩出しようという方に目が向くのではないでしょうか。

## 学校を軸に、地域と連携した選手育成

日本の学校スポーツは、世界的に見てもアメリカに次ぐパワー持っていると思います。サッカーはドイツを始めとするヨーロッパの国に倣うことが多いですが、アメリカ式のほうが現状に即しているのではないかと思っています。

日本の私立高校の中には、Ｊクラブのユースよりも立派な施設を持っている学校がたくさんあります。学校があって寮があり、グラウンドがある。指導者が日常生活からサッカーまで、すべてを包括的に見ることができるのが、高体連の良いところだと思います。

高校生年代はサッカーだけが上手くてもダメで、プロになって18歳で自立するためにも、日常生活の大切さを痛感しています。サッカーと勉強も含めた日常生活、あらゆる面で選手を成長させなくてはいけません。その意味で高体連は理想的な環境にあると思います。

ドイツを始めとするヨーロッパの国々のように、学校は勉強をするところ、スポーツはク

ラブがするものという棲み分けができているのであればいいのですが、日本は学校を基点にスポーツが発展してきた経緯もあり、ヨーロッパのようにはいきません。学校を拠点にし、総合型スポーツクラブとして運営しているところも出始めてきてはいますが、日本全体がそうなるにはかなりの時間がかかるでしょう。

学校の施設を利用しながら、地域のサッカー協会、Ｊクラブが協力し、地域ぐるみで選手を育てる環境は十分にできると思いますし、今後、日本サッカーがさらに発展するためには必要なことだと思います。

## ビジャレアルで感じた可能性

興國は毎年、スペインに遠征に行っていますが、ビジャレアルに行った時にもそれを感じました。

ビジャレアルは人口５万人ほどの小さな街ですが、人工芝グラウンドが15面以上あり、ＪＧＲＥＥＮ堺のような立派な施設があります。ビジャレアルのアカデミーの子たちを街ぐるみで育てて、レアルやバルサ、国外のクラブに移籍させることで、移籍金を得てクラブの運営費などに回しています。

移籍金でグラウンドを増やせば、それを管理する人などの雇用も生まれます。そうやって経済の一端をクラブが担っているんです。

ちなみに興國の生徒数は2400人程なのですが、ビジャレアルのスタッフいわく「ビジャレアルの街にいる男子高校生の総勢がそのぐらい」だそうです。

選手を育てて売るというと、日本ではすごくネガティブな捉えられ方をします。「教育者が何を言っているんだ」とお叱りを受けるかもしれません。でも、サッカーはグローバルなスポーツで、資本主義のかたまりです。お金と強化、育成は切っても切り離すことができません。

今後、少子化が進むのは明らかなので、その中でどうやって競争力をつけて外国と渡り合っていくか。学校だけでなくJクラブや街クラブも経営を安定させるための収入源として、良い選手を輩出して移籍金を得て、そのお金を環境づくりや設備投資に回し、地域に還元していくというエコシステムを作っていくのも良いのではないかと思っています。

2

# 〈あとがき〉

2018年度の高校サッカー選手権大会・大阪府予選ではベスト16で大阪桐蔭に敗れ、全国大会出場は叶いませんでした。

負けはしましたが、嬉しかったことが2つあります。

ひとつは、会場のJ GREEN堺に、たくさんのお客さんが見に来てくれたこと。

あるとき、J GREEN堺のスタッフにこう言われたことがあります。

「試合を見に来るお客さんに、『興國の試合はどのグラウンドですか？』と聞かれたら『一番、人がたくさんいるところ』と答えるようにしています。そう言って、外れたことがないんです」

和田達也（栃木SC）が在学中の2011年頃から、興國のサッカーに興味を持ってくれる人が増え始め、J GREEN堺で試合をするときは、たくさんの観客が詰めかけるようになりました。僕たちが作りあげた興國スタイルに共感してくれる人が増えたこと、興國のサッカーを面白いと思ってくれる人が増えたことは、監督としてとても嬉しいことです。

興國に入学した選手たちは、2年半をかけて「興國サッカー部が理想とするプレー」ができるように、トレーニングをしていきます。それが完成形に近づくのが、高校3年の夏を過ぎたあたりです。

夏以降、3年生のプレーを見ていて「うまっ」「すごいな」と思わず声が出てしまうことがあります。毎日、練習を見ている僕が面白いと思うぐらいなので、試合を見に来たお客さんは、もっと楽しんでもらえているのではないかと思います。

チームが完成形に近づくと、選手たちのプレーがより一層スムーズになります。その段階になると、僕もベンチから逐一コーチングはせず、基本的には自由にプレーさせるので、選手たちから自由な発想がどんどん出てきます。秩序の中で判断スピードが上がり、余裕が生まれるので、驚くようなプレーが連続します。彼らのイマジネーション溢れるプレーを見て「こんなプレーができるんや!」と驚く毎日です（笑）。

高校サッカー選手権予選・大阪桐蔭との試合中、選手たちはセットプレーなどで試合が止まる度に、「今日の試合、めっちゃ楽しいわぁ」と言っていたそうです。それを聞いたときに「プレッシャーのかかる舞台でも、楽しんでサッカーをしてるんやな」と嬉しくなりました。試合に負けた後はみんな泣いていましたが、そこには清々しさがあったように思います。

チェルシーのサッリ監督が「心の中のサッカー小僧は、いつまでも大切にしなければいけない」と言っていましたが、彼らのプレーを見ていて、改めてそう感じました。

興國は毎年プロ選手を輩出していますが、高卒でプロになれるのはほんの一握りの、限られた人だけです。その他の、９９・９％の人は高校を卒業して、進学したり、社会に出て行きます。サッカー選手ではない、いわゆる『普通の人』がどれだけサッカーが好きか。その度合いは、これからの日本サッカーの普及や強化、そしてサッカーが文化として根付いていく上で、とても大切なことだと思います。

僕が高校時代に体験したような、厳しいだけの指導を受け続けた結果、大好きなサッカーを嫌いになり、高校卒業と同時にサッカーを辞めてしまうケースが後を絶ちません。

興國サッカー部のスローガンは「ＥＮＪＯＹ　ＦＯＯＴＢＡＬＬ」です。高校時代、苦しい思いをして勝つ喜びを味わうのも大事ですが、僕としてはそれよりも「サッカーは楽しいものなんだ」と体感して、卒業していってほしいと思っています。

サッカーは楽しいものなんです。だから僕は、選手たちが高校を卒業した後も、1年でも長くサッカーを続けてほしいと思っています。プロ、社会人、大学の体育会系、サークル、草サッカー、友達とのフットサル…。レベルはなんでもいいんです。将来は自分の子供や孫にもサッカーをさせてほしい。

そのためにも、サッカーを嫌いになって終わるのではなく、サッカーが好きだ、楽しいなと思ってもらえるように、日々、指導にあたっています。

２０１８年度の3年生90人中60人が、大学や社会人でサッカーを続けます。残りの30人も高いレベルでプレーはしないまでも、大学のサークルなどでサッカーを続けてくれます。だから、11月に高校サッカー選手権の予選が終わった後も、部活を引退せずに練習に来ています。彼らに高校卒業はあっても、サッカーからの引退はありません。

高校サッカーは楽しいことばかりではなく、ときには我慢しなければいけないことや、大変なこともたくさんあると思います。

だけど多くの選手達は、高校3年間の中で、楽しんでサッカーをしてくれているのではないかと思います。

「ＥＮＪＯＹ　ＦＯＯＴＢＡＬＬ」

この言葉を忘れずに、いつまでもサッカーと向き合っていきたいと思います。

最後になりましたが、何もない僕みたいな指導者に「本を出しませんか」と声をかけてくれた、竹書房の柴田洋史さん。僕の考えを、完璧なまでに言葉にする手伝いをしてくれた、スポーツライターの鈴木智之さんに感謝を申し上げます。そして何より、サッカー漬けの毎日の僕をサポートしてくれる、妻と家族に、ありがとうと伝えたいです。

２０１８年末　内野智章

# 興國高校出身Jリーガー選手

## 2012年度卒

**山本祥輝**　【カターレ富山―ヴェルスパ大分―ルート11―むさしのFC―ルート11】（光明台少年サッカークラブ―ガンバ大阪堺ジュニアユース）

**和田達也**　【松本山雅FC―栃木SC】（長野フットボールクラブ―長野フットボールクラブジュニアユース）

**古橋亨梧**　【中央大学―FC岐阜―ヴィッセル神戸】（桜ヶ丘フットボールクラブ―アスペガス生駒フットボールクラブ）

## 2013年度卒

**北谷史孝**　【横浜F・マリノス―レノファ山口―V・ファーレン長崎―FC岐阜】（サザンウェイブ泉州FC―ガンバ大阪ジュニアユース）

**田代容輔**　【ヴィッセル神戸―ザスパクサツ群馬―アルビオン・パークホワイトイーグルス（オーストラリア）】（IRIS生野U-12―IRIS生野U-15）

**渡部大樹**　【大阪産業大学―ブラウブリッツ秋田】（生野南FC―IRIS生野）

## 2017年度卒

**大垣勇樹**　【名古屋グランパス】（池の里JSC―枚方FC―枚方FCマシア）

**西村恭史**　【清水エスパルス】（長野FC）

**島津頼盛**　【ツエーゲン金沢】（F.C KULAIFU 2003―セレッソ大阪U-15）

## 2018年度卒

**起海斗**　【レノファ山口】（ジュネッスFC）

**村田透馬**　【FC岐阜】（深井FC―ガンバ大阪堺ジュニア―ガンバ大阪堺ジュニアユース）

**中川裕仁**　【愛媛FC】（セレッソ大阪和歌山U-15―セレッソ大阪U-18）

## 2008年度卒

**奥野将平**　【阪南大学―FKアウダーFKスロボダ・ウジツェ―MKSポゴニ・シュチェチン―ビトビア・ビトゥフ―アルビオン・パークホワイトイーグルス】（ガンバ大阪堺ジュニアユース）

22
5

## 内野智章（うちの・ともあき）

**興國高校サッカー部監督**

1979年、大阪府堺市生まれ。小学校3年の時、地元の白鷺サッカー少年団でサッカーを始める。1995年、初芝橋本高校1年時に全国高校サッカー選手権大会に出場し、ベスト4進出。高校卒業後、高知大学へ進学。卒業後、愛媛FC（当時JFL）に入団するも原因不明の体調不良が原因で1年で退団、引退。2006年より興國高校の体育教師、およびサッカー部監督に就任。これまで全国大会の出場はないが、毎年コンスタントにプロ選手を輩出するなど、個性のある選手育成に定評があり、近年、注目される指導者。


---

# 興國高校式 Jリーガー育成メソッド

**いまだ全国出場経験のないサッカー部からなぜ毎年Jリーガーが生まれ続けるのか？**


2018年12月17日初版第1刷発行
2021年12月25日初版第3刷発行

著　者　内野智章

発行人　後藤明信
発行所　株式会社 竹書房
〒102-0075
東京都千代田区三番町8-1
三番町東急ビル6F
email:info@takeshobo.co.jp
http://www.takeshobo.co.jp
印刷所　共同印刷株式会社





ISBN978-4-8019-1664-7